당신도 언젠가는
빅폴을 만날거야

당신도 언젠가는 빅풀을 만날 거야

2014년 4월 5일 초판 1쇄 발행 | 2014년 4월 18일 4쇄 발행
지은이 · 김해영

펴낸이 · 박시형
책임편집 · 최세현 | 콘텐츠 코디네이터 · 서유상

마케팅 · 권금숙, 김석원, 김명래, 최민화, 정영훈
경영지원 · 김상현, 이연정, 이윤하
펴낸곳 · (주) 쌤앤파커스 | 출판신고 · 2006년 9월 25일 제406-2012-000063호
주소 · 경기도 파주시 회동길 174 파주출판도시
전화 · 031-960-4800 | 팩스 · 031-960-4805 | 이메일 · info@smpk.kr

ⓒ 김해영 (저작권자와 맺은 특약에 따라 검인을 생략합니다)
ISBN 978-89-6570-190-3(03810)

쌤앤파커스(Sam&Parkers)는 독자 여러분의 책에 관한 아이디어와 원고 투고를 설레는 마음으로 기다리고
있습니다. 책으로 엮기를 원하는 아이디어가 있으신 분은 이메일 book@smpk.kr로 간단한 개요와 취지,
연락처 등을 보내주세요. 머뭇거리지 말고 문을 두드리세요. 길이 열립니다.

당신도 언젠가는
빅풀을 만날거야

김해영 지음

샘앤파커스

목차

인생의 빅폴을
그냥 지나치지 마세요

이 책을 쓰는 동안 귀중한 한 구절을 책에서 만났습니다.

'화禍라고 생각되는 데서 복이 나오고, 복이라고 생각되는 데 화가 숨어 있다.'

노자의 《도덕경》에 있는 글입니다. 이 글귀를 읽으면서 '아하!' 하고 감탄했습니다. 사람은 살아가는 동안 이해할 수 없는 많은 일들을 경험합니다. 그 많은 일들을 행복 아니면 불행이라고 단순하게 나누기에는, 우리의 인생이 참으로 알 수가 없습니다. 저의 짧은 인생만 보더라도 말입니다.

초졸 학력, 가출소녀, 영세민의 자녀, 어머니의 정신병력, 아버지의 자살, 그리고 척추장애까지…. 이렇게 여러 사람의 불행을 한자리에 모아놓은 것 같은 많은 일들을 겪고, 사회생활에 나섰을 때는 만 15세였습니다.

제가 어린 시절에 경험한 많은 일들은 분명히 화였으며 불운이었습니다. 그러한 불운과 불행을 뒤집기 위해 저는 많은 노력을 기울였습니다. 편물기술자가 되어 기능올림픽에 나가 금메달을 따면서 성공적인 기술자가 되었고, 사회적으로 경제적으로 안정을 찾아갔습니다. 하지만 저는 다른 사람들과 비교하고 경쟁하며 이루어야 하는 성공지향주의적인 삶에 많이 지쳐갔습니다. 경쟁을 통한 사회적 성공은 또 다른 성공에 대한 갈증과 경쟁을 불러올 뿐이죠.

성공이라고 믿은 것들이 오히려 저를 불행하게 했습니다. 저는 이러한 삶을 살기보다는 조금 다른 방향의 삶을 살아보면 어떨까 하는 생각을 했습니다. 20대 중반, 저는 커다란 고민 없이 가벼운 마음으로 아프리카로 떠났습니다. '한 1년 정도 자원봉사나 하고 와야지' 하고 말입니다. 그렇게 간단하게 떠난 아프리카에서 저는 제 마음대로 돌아오지 못했습니다.

사실 아프리카에서도 처음 몇 년 동안은 '대체 내가 왜 여기에 있나'를 고민하고 또 고민했습니다. 몸만 떠났지 마음은 여전히 한국에 있었던 것이지요. 그런데 칼라하리 사막에서 여러 해에 걸쳐 고독한 시간을 견디고, 보츠와나 사람들과 이런저런 문제를 함께 겪고 해결하면서 저는 서서히 아프리카에 스며들어 갔습니다. 도움을 주러 간 그곳에서 오히려 더 많은 배움과 위로와 치유를 경험했습니다. 격의 없는 인간관계가 가능하고, 존재와 존재가 애정으로 연결되고, 서로가 서로를 붙잡아주는 진실한 삶을 배웠습니다. 광활한 대자연은 제가 무엇이 되지 않아도, 무언가를 가지지 않아도, 있는 그대로가 이미 충분한 존재임을 깨닫게 해주었습니다.

아프리카에 가기로 한 일은 어려운 결정이었지만, 그 일들은 저를 또 다른 행복으로 인도해 주는 삶의 길이 되었습니다. 아름다운 행복을 찾은 것입니다. 그렇습니다. 저는 아프리카에서 비로소 제 인생의 빅토리아 폭포와도 같은 엄청난 축복을 만났습니다. 살고 있는 자리에서 마음의 자리를 고쳐먹으니, 광활한 대자연과 경이에 가까운 빅폴이 눈에 들어오더군요. 저는 아름다운 여성이 되어갔고, 삶에 진실한 인간이 되어갔습니다. 제 인생에 마련된 많은 불행한 일들조차 그 속에 복이 숨어 있었다는 것을 깨달은 것입니다.

신이 준비해둔 제 몫의 축복이, 저를 기다리고 있는 선물들이, 살아갈수록 하나씩 더해졌습니다. 중요한 것은, 칼라하리 사막에 살고 있으면서도 저기 어디쯤에 빅폴이 있다는 것을 알고 사는 일입니다. 인생 앞에 나를 위해 준비된 축복이 다가오고 있다는 것을 아는 사람과 그것을 잊고 사는 사람은 완전히 다른 삶을 삽니다. 조금만 더 걸어가면 거기에는 빅폴이 있습니다. 지금의 팍팍한 삶을 하루하루 지내다 보면 경이로운 빅폴과 같은 나날이 인생 앞에 펼쳐질 것입니다. 이것을 아는 사람은 다가오는 그 행복들을 하나씩 찾아내어 마음껏 누릴 것입니다. 하지만 그와 반대인 사람은, 어쩌면 인생 앞에 다가오는 불행한 일들에 메여서 '내 인생은 온통 불행뿐이야!'라고 한탄할지도 모르지요. 진부한 말이지만 역시 살아가는 일은 마음먹기에 달렸다는 것을 깨닫습니다.

당신도 기대하지 못한 축복이 지금 바로 저 발밑에 와 있을 수도 있습니다. 더러 불행의 얼굴을 하고 찾아온 축복도 있을 수 있습니다. 살기에 바쁘다는 핑계로 축복이 오든지 불행이 오든지 그냥 지나쳤을 수도 있습니다. 지금 당신 앞에 놓인 당신 몫의 삶을 놓치지 않길 바랍니다. 당신도 언젠가는 저처럼 인생의 곳곳에 자리 잡고 있는 당신만의 빅폴을 만날 테니까요.

그때까지 자신을 버려두지 말고 아프게 하지도 말고 무시하지도 말고 상처주지도 말고, 조금씩 천천히 나아가길 바랍니다. 이 하루가 아무리 황량해도 살아 있다는 게 얼마나 경이롭고 감사한 일인지 매일 매순간 감동하면서 그저 타박타박 걸어가길 바랍니다. 뛰어가지 않아도 좋습니다. 옆의 사람에게 눈길 주지 않아도 됩니다. 그저 당신만의 속도로, 당신만의 걸음으로, 자기에게 가장 잘 어울리는 그 걸음으로 천천히 가면 됩니다. 그러면 어느 순간 당신 앞에 빅폴 같은 웅장한 세월이 펼쳐질 것입니다.

삶이 더 이상
외로운 싸움이 되지 않기를

'이곳은 굿 호프일 수밖에 없구나. 정말 그럴 수밖에 없겠구나. 희망이라도 갖지 않으면 도저히 살 수 없는 땅이구나. 내가 왜 여기에 있는 걸까? 1년도 아니고 2년도 아니고 무려 14년 동안이나, 나는 왜 나 스스로를 유배시켰을까? 왜 하필 이런 사막일까?' 사막 같은 인생의 끝에서, 저는 진짜 사막을 만나고 말았습니다.

당신의 사막을
온전히 사랑하기를

"괜찮아요? 다친 사람은 없나요?"(Are you ok? Is there no one hurt?)
앰뷸런스에 탄 간호사가 걱정스럽게 물어 옵니다.
"네, 괜찮아요. 하쿠나 마타타."(Yes, I am ok. Hakuna Matata.)
저는 아무렇지 않게 대답합니다. 마치 보츠와나 사람처럼.

안 그래도 타이어가 이상한 것 같아 잠시 멈춰 살펴봤는데, 아니나
다를까. 다시 달리기 시작한 지 불과 5분도 안 돼 갑자기 펑크가 나고
말았습니다. 차는 도로 위를 사정없이 미끄러지다가 마침내 멈췄습니
다. 오자마자 사고라니. 보츠와나는 마치 저를 처음 맞이하는 것처럼
'까칠하게' 나옵니다.

오후 2시. 주변에는 손바닥만 한 나무 그늘 하나 없습니다. 이렇게

있다가는 곧 일사병에 걸릴지도 모릅니다. 자동차에는 에어컨도 없고 주변 공기는 말할 수 없이 건조합니다. 물 한 방울 없는 땅과 바삭거리는 마른풀은 금방 제 몸의 수분을 다 빼앗아갈 듯합니다. '훅' 하고 불어오는 뜨거운 바람에 목은 타고 입술까지 바짝 마릅니다. 하필 이럴 때 자동차 타이어까지 터져주다니, 정말 최고의 타이밍입니다.

2년 만의 보츠와나 여행은 집을 떠나면서부터 엉망진창이었습니다. 무려 12시간 동안 나이로비 공항에서 비행기를 기다렸지요. 저녁 9시 출발을 아침 9시로 잘못 알고 나갔기 때문입니다. 그렇게 꼬박 12시간을 기다린 후, 밤 비행기를 타고 가니 새벽에야 보츠와나의 가보로네 공항에 도착했습니다. 근처에서 자고 다시 공항으로 가 자동차를 렌트하려는데 적당한 차가 없었습니다. 다행히 아는 분의 도움으로 겨우 구하긴 했는데, 이 차도 전날 왼쪽 타이어가 펑크 나서 새것으로 바꿨다고 합니다. 그런데 오늘은 오른쪽 타이어가 찢겨 나간 것이지요. 그것도 운전 중에. 그나마 왼쪽 타이어 하나라도 버텨주었으니 다행이긴 하네요.

보츠와나는 도로마저 워낙 뜨겁고 건조해 자동차 펑크로 인한 사고가 자주 일어납니다. 그러니 이만하길 천만다행이지요. 마침 멀리 지나가던 앰뷸런스가 우리를 보더니 황급히 돌아왔습니다. 간호사가 멀쩡히 서 있는 저를 보고도 안심이 안 되는지 숙소까지 직접 데려다 주더군요.

차창 밖으로 흔들리는 풍경을 보며 제 마음도 왠지 착잡해졌습니다. 다시 찾은 보츠와나는 참으로 메마르고 황량했습니다. 저조차도 믿을 수 없을 정도로. 제가 이런 황량하고 거친 곳에서 14년 동안이나 살았다니. 그것도 너무 행복해하면서⋯. 예전에 천국이라고 믿으며 살았던 곳이 지옥이었음을 깨닫는 심정이랄까요. 여기에 비하면 현재 머무르고 있는 케냐 나이로비는 날씨도 좋고 쾌적해서 말 그대로 천국입니다.

'보츠와나에서의 시간이 이제는 퇴색해버린 것일까?'

새삼스레 보츠와나가 제게 어떤 의미였는지 돌아보게 되더군요. 그저 거친 사막이었을 뿐인지, 아니면 진실로 행복한 땅이었는지.

1주일 먼저 보츠와나에 도착해 사진을 찍던 김 작가는 그동안 얼마나 고생을 많이 했는지 부시맨이 다 됐습니다. 피부도 새까매져서 보츠와나 사람들 틈에 있으면 별로 도드라져 보이지도 않습니다. 다시 만난 그가 한숨을 쉬며 말합니다.

"선생님께 듣긴 했지만 여긴 정말 벌판밖에 없어요."

"맞아요. 여긴 준사막인 사바나 지역이니까요. 여기서 한 3시간 달려가면 완전한 사막도 볼 수 있죠."

저는 짐짓 보츠와나 사람이라도 되는 양 말했습니다.

오후 햇살이 아직 뜨거울 때, 김 작가와 함께 '별을 볼 수 있는 곳'을 찾아 길을 나섰습니다. 가는 길에 로바체와 삐자니 마을에서 음료수와 간단한 음식도 샀고, 마을을 여러 개 지나 허허벌판을 찾았습니다. 그곳에 차를 세우고 멀리 서쪽 하늘을 시원하게 내려다볼 수 있는 곳에 자리를 잡았습니다. 주변에는 여기저기 모양 좋은 부시나무가 서 있습니다. 부시나무에 걸리는 달과 별을 따기 위해서입니다.

"선생님, 제가 본 중에 지금이 제일 편안해 보이십니다."

벌판에서 접이식 의자를 놓고 한가하게 앉아 있는 저를 보더니 김 작가가 한마디 합니다.

"예전에 여기 있을 때, 일을 마치고 나서 이렇게 한가하게 앉아 있을 때마다 정말 행복했지요. 지금도 마치 그 순간인 것 같네요."

오후의 햇살을 느끼며 이런저런 추억을 생각하노라니 해가 기웁니다. 석양 끝에 걸리는 잔영이 만들어내는 아름다운 노을의 빛을 감상합니다. 해가 거의 떨어지고 난 하늘가에 큰 별이 하나 반짝입니다. 십자성입니다. 곧 그 별을 따라 손톱 모양의 달이 수줍게 떠오릅니다. 제가 몇 걸음 움직이니 그 달과 별이 부시나무 위에 올라앉습니다. 몇 걸음 더 옮기자, 이번에는 별이 가지 끝에 걸립니다. 달과 별에 감탄하던 눈을 하늘로 돌리니, 그곳에 크림색 은하수 무리가 길게 펼쳐져 있습니다.

별을 가슴에 안으며 마침내, 기억해냅니다. 우리는 모두 저마다의 사막을 건너고 있다는 것을. 제가 건너온 시간은 마치 이 칼라하리처럼 거칠고 황량하고, 사무치게 외로웠습니다. 그 사막 같은 인생의 끝에서, 저는 진짜 사막을 만났습니다.

아프리카 보츠와나라는 땅에서, 그중에서도 가장 메마른 칼라하리 사막에서 저는 14년을 오롯이 살아냈습니다. 꿈을 위해, 대의를 위해, 나의 쓸모를 증명하기 위해서가 아니었습니다. 그저 저를 장애인이 아닌 한 사람으로 대해주는 사람들이 좋아 하루하루 살았을 뿐입니다. 그리고 마침내 알게 됐지요. 사막은 그저 사막이 아니었다는 것을. 그 사막은 생의 본질을 더욱 명료하게 보여주는 인생의 축소판이었습니다.

처음에는 마른 땅과 바람밖에 없어서 저절로 한숨만 나왔습니다. '내가 왜 여기에 와 있지?' 하고 고민하느라 별판이 눈에 들어오지 않았습니다. 그런데 몇 년이 지나서야 알게 됐습니다. 이 사막에도 수많은 생명이 살아간다는 것을요. 이 지독하게 메마른 땅에도 풀과 벌레, 나무와 새들, 그리고 소와 인간이 살아갑니다. 우리에게는 부족하고 불편한 오지일 뿐이지만, 그들에게는 '온전한' 세상입니다.

사람이 사람답게 살아가는 데 필요한 것 역시 많지 않았습니다. 없으면 죽을 것만 같았던 것들을 하나하나 떼버리고 나니, 제게도 사막은 그 자체만으로도 아름답고 온전한 세상이었습니다. 그곳에서 반짝이는 별들이 제게 가르쳐 주었습니다.

'너는 단지 살아 있다는 것 자체만으로도 충분히 가치 있는 존재야. 아무것도 하지 않아도 괜찮아. 너의 쓸모를 증명하지 않아도 괜찮아. 오늘 하루를 살아낸 것만으로도 가장 중요한 일을 한 거야.'

사막 같은 134cm의 운명을 온전히 받아들이고 외로움과 고통을 이해하고 나니, 비로소 별이 보였습니다. 발끝부터 고요하게 차올라 심장을 지나 마침내 눈빛에 담긴 행복의 별.

우리는 저마다의 사막을 건너고 있습니다. 때문에 저처럼 애써 사막에 가지 않아도 됩니다. 다만 저는 기도할 뿐입니다. 당신의 사막을 온전히 사랑하게 되기를. 당신의 사막에도 언젠가 아름다운 별이 떠오르기를.

굿 호프,
이곳에도 희망이 있을까?

텅 빈 벌판 위로 모래바람이 붑니다. 부시나무 몇 그루가 띄엄띄엄 섬처럼 흩어져 있고, 저 멀리 지평선이 아스라이 흔들립니다. 모랫길을 밟으며 타박타박 걸어갑니다. 건조하고 뜨거운 바람이 뺨을 스치며 지나갑니다. 한여름으로 치닫는 아프리카의 열기에 숨이 턱턱 막힙니다. 그런데 이렇게 걸으면서도 저는 알 수가 없습니다. 대체 나는 왜 이 길을 걷고 있는 것일까? 나는 어디로 가고 있는 것일까? 그때 눈앞에 푸른색 표지판이 보입니다.

'굿 호프Good Hope'

저곳에는 과연 내가 찾는 것이 있을까? 저 이름처럼 어떤 희망이라도 있는 걸까? 지친 몸과 마음도 쉴 겸, 일단 가보기로 합니다. 그러나 그냥 걷는 것조차 여의치 않습니다. 끊어질 듯 허리가 아파옵니다.

그래도 멀리 보이는 마을을 향해 걷기 시작합니다. 작은 등 뒤로 뜨겁고 거친 모래바람이 흩어집니다.

1990년 2월 17일은 서울에 유난히 눈이 많이 내렸습니다. 아프리카에 간다고 옷부터 신발까지 온통 블랙으로 차려입고 공항으로 떠났습니다. 홍콩, 타이베이, 모리셔스, 요하네스버그를 거쳐 결국 보츠와나까지, 거짓말 안 하고 꼬박 2박 3일이 걸리는 여정이었습니다.

보츠와나의 수도 가보로네 공항을 나오자마자 뜨거운 열기가 '훅' 하고 얼굴까지 덮쳐 왔습니다. 남부 아프리카의 2월은 한여름입니다. 남반구는 한국과는 계절이 정반대로 흐르기 때문이지요. 공항까지 마중 나온 사람들은 기술학교에서 일하는 부부였습니다. 함께 차를 타고 가면서 제게 말하더군요.

"여유 있어 보이네요. 여기 오래 살았던 사람처럼. 참, 보츠와나에서 지내려면 영어 이름이 필요할 거예요. 여러 가지 이름 중에서 고민하다가 '캐서린Catherine'이라는 이름을 찾았어요. 어때요?"

"와, 마음에 들어요. 정말 감사합니다."

이렇게 해서 저는 아프리카에 오자마자 또 하나의 이름을 갖게 되었습니다. 한참을 달린 후, 로바체라는 도시에 도착했습니다. 그곳에서 저녁을 먹고 다시 트럭을 탔습니다. 아무것도 보이지 않는 비포장도로가 끝없이 이어졌죠. 도대체 얼마나 더 가야 하는 것일까? 구불구불 이어진 길을 한참이나 들어가서야 차가 멈추었습니다. 어두컴컴한 건물에서 누군가가 촛불을 들고 나왔습니다. 학교에는 아직 전기가 들어오지 않는다고 했습니다. 안내해주는 대로 어느 어두운 방으로 들어가 보츠와나에서의 첫 번째 밤을 맞이했습니다.

다음 날은 월요일이었습니다. 아침에 빵과 차로 간단히 식사를 하자마자 책임자가 저를 교실로 데리고 갔습니다. 편물과 여학생 4명이 호기심 어린 눈빛으로 앉아 있었지요. 오리엔테이션도 없이, 현지적응 기간도 없이, 아프리카에서의 첫 수업은 그렇게 시작됐습니다.

굿 호프. 마을의 환경과는 너무나 어울리지 않는 이름이었습니다. 이곳은 막강한 실권을 가진 대추장이 살고 몇몇 관공서가 있어 주민의 절반이 공무원인 작은 마을입니다. 가게라고는 술집 몇 군데밖에 없습니다. 물건을 만들어 팔아도 살 사람이 별로 없고, 뭔가 사고 싶어도 살 게 없는 가난한 동네. 마을을 걷다 보면 저절로 이런 생각이 들곤 했습니다.

'이왕 학교를 세우려면, 사람이 좀 더 많고 번화한 도시로 갈 것이지 왜 하필 굿 호프였을까?'

굿 호프 마을은 칼라하리 사막이 시작되는 남부의 초입에 자리 잡고 있습니다. 주변에 비해 지대가 높아 바람이 유독 많고 황량합니다. 한창 모래바람이 몰아칠 때는, 믿어지지 않겠지만 입을 다물고 있어

도 입안에 모래가 가득 찰 정도이지요. 여름이면 기온이 섭씨 40도 가까이 올라가 맨몸으로는 단 5분도 걷기 힘듭니다. 비가 내리는 우기가 있긴 하지만, 1년에 2주 정도뿐입니다. 때문에 사람도, 짐승도, 풀도 만성적인 가뭄에 시달립니다.

이렇게 척박한 땅이니 식량과 마실 물을 구하는 것조차 쉬운 일이 아닙니다. 보츠와나의 주식은 밀리밀(옥수수가루), 쇼감(수수), 삼뿌(콩과 옥수수를 발효한 것) 정도입니다. 이걸 감자와 양파, 쇠고기를 넣어 푹 끓인 걸쭉한 수프에 찍어 먹습니다. 이조차도 마음껏 먹을 수 있는 형편은 아니라서 늘 배가 고팠습니다. 한국에서는 먹을 게 없으면 수돗물이라도 벌컥벌컥 마실 수 있지만 보츠와나에서는 그것도 어렵습니다.

제가 처음 갔을 당시에는 학교에 우물이 없어 마을에서 물을 길어오곤 했습니다. 지하수에서 끌어올린 물은 석회수입니다. 물을 끓이면 주전자 바닥에 하얀 석회가루가 붙고, 빨래를 하면 옷에서 가루가 떨어집니다. 이런 물을 마시다 보니 몇몇 교사들은 담석증에 걸렸고, 저 또한 잦은 복통에 시달리곤 했습니다. 결국 그때부터 물을 거의 끊다시피 했습니다. 대신 커피, 차, 음료수 등으로 목을 조금씩 축이며 생활하는 게 버릇이 되었지요.

척박한 환경 못지않게 힘들었던 것은 매일같이 이어지던 고된 노동이었습니다. 오전에는 학생들을 가르치고, 오후에는 학교건물 신축현장에서 일했습니다. 선생님들은 물론이고 학생들까지 모두 말이지요. 심지어 수업을 하다가도 저 멀리서 모래 트럭이 들어오면 곧장 나가서 삽질을 했습니다. 벽돌을 실은 트레일러가 들어오면 한밤중에도 나가 벽돌을 날라야 했지요. 시멘트를 이기고, 자갈을 실어 나르고, 곡괭이로 깊고 단단한 땅을 파고, 삽으로 모래를 퍼서 나르고….

그곳에서 사는 날이 길어질수록 저의 노동도 그렇게 거칠어져 갔습니다. 저만 유독 건설노동에 애착(?)을 갖고 매진한 것은 아니었습니다. 누구 하나 게으름을 피우거나 못하겠다는 핑계를 댈 수가 없었습니다. 그만큼 상황이 열악했지요. 너무나도 힘든 개척생활이 한동안 이어졌습니다. 저보다 먼저 와서 고생하던 활동가들은 건강이 악화되어 쓰러져버리는 일이 다반사였습니다. 그러니 덩치 큰 장정들도 제가 삽을 달라고 하면 거절하지 못할 정도였지요. 어떤 날은 너무 힘이 들어 나도 모르게 '내일 눈뜨지 않게 해주세요'라고 기도하는 저 자신을 발견하기도 했습니다. 굿 호프. 살면 살수록 도대체 이곳에 무슨 좋은 희망이 있다는 것인지 의심은 점점 더 커져만 갔습니다.

그러던 어느 날 학교 앞으로 끝없이 펼쳐진, 바람 부는 사막을 보며 알게 됐습니다.

'이곳은 굿 호프일 수밖에 없구나. 정말 그럴 수밖에 없겠구나. 희망이라도 갖지 않으면 도저히 살 수 없는 땅이구나.'

실제로도 그런 이유로 지어진 이름이라고 하더군요. 언젠가 제가 아는 분은 저에게 혀를 차며 이렇게 말했습니다.

"쯧쯧, 여기서 사는 거 옛날로 치면 유배야 유배, 귀양살이라고."

가끔 궁금해졌습니다. 아니, 솔직히 말하면 정말 자주 저 스스로에게 물었습니다.

'내가 왜 여기에 있는 걸까? 1년도 아니고 2년도 아니고 무려 14년 동안이나, 나는 왜 나 스스로를 유배시켰을까? 왜 하필 이런 사막일까?'

사막 같은 인생의 끝에서, 저는 진짜 사막을 만나고 말았습니다.

나의 쓸모를 증명하기 위한
기나긴 싸움

보통의 청춘들은 스무 살 정도에 자신만의 경주를 시작합니다. 부모님의 품에서 벗어나 빠르건 느리건 자기만의 페이스를 찾기 위해 달리기 시작합니다. 저는 그게 남들보다 조금 빨랐습니다.

아버지는 제가 14세 때, 모진 가난과 불행을 비관해 스스로 세상을 등졌습니다. 그리고 얼마 후, 친엄마가 쫓아내서 저는 할 수 없이 가출을 '당했'습니다. 정신이 온전치 못했던 엄마의 폭력을 피해 살아남기 위해서였습니다. 신발도 꿰어 신지 못하고 도망치듯 뛰쳐나와 어느 한의원집에서 입주 가사도우미로 일하게 되었습니다. 그 집에서 일하면서 창문 너머로 또래 중학생들이 학교에 가는 모습을 지켜보았습니다. 그리고 그것이 너무 마음 아파서, 스스로 살아보겠다고 마음먹고 기술원에 입학해 편물기술을 배웠습니다.

10대 시절의 저는 "쓸데없이 태어났다."고 저주하는 엄마의 절대명제를 깨기 위해 모든 것을 감수해야 했습니다. '나의 쓸모'를 증명하기 위한 기나긴 싸움이었지요.

　이때 배운 편물기술은 아무것도 없었던 제게 큰 힘을 주었습니다. 하지만 처음부터 그랬던 것은 아닙니다. 신체에 장애가 있는 저는, 다른 이들에 비해 생산량이 떨어질 수밖에 없었으니까요. 같은 스웨터를 짜더라도 보통 사람들이 10장 짤 때, 저는 6~7장밖에 못 짰습니다. 극심한 척추통증은 노동의 양과 비례해서 올라갔습니다. 그러니 강도 높은 노동이 요구되는 단순 편물기술로는 답이 안 나왔습니다.

　저 같은 사람이 보통 사람과 비교해 경쟁력을 가지려면, 편물기술에 대한 모든 공정을 마스터하는 길밖에 없었습니다. 편물기술은 분야별로 세분화돼 있습니다. 실을 감는 사람은 실을 감는 일만, 편물을 짜는 사람은 짜는 일만 하는 생산구조입니다. 그러므로 편물의 모든 공정을 다 배우려면 한 공장에 오래 있을 수가 없었습니다. 때문에 한동안 돈을 모으는 것도, 안정적인 직장생활을 하는 것도 포기해야 했지요. 그러나 잃은 것만큼 얻은 것도 분명히 있었습니다. 몇 년 지나지 않아 편물의 전 과정은 물론이고, 저 혼자 기계를 분해해서 조립할 정도의 실력을 갖출 수 있었으니까요.

　덕분에 각종 국내 기능대회에서 상을 휩쓸었고, 1985년에 세계장애인기능경기대회에 국가대표로 출전해 금메달을 땄습니다. 만 19세라는 나이에 철탑산업훈장도 받았습니다. 그 후 일본과 거래하는 무역회사에 취직해 높은 연봉과 전문가 대우를 받으며 일하게 되었습니다. 기술자로서 도달할 수 있는 가장 좋은 자리까지 올랐던 셈이지요.

　그렇게 저는 저라는 인간의 쓸모를 세상에 증명한 후, 다시 집으로 돌아왔습니다. 어렸을 때 업어 키우다시피 해서, 마음속으로는 이미 자식 같았던 동생들이 자꾸만 눈에 밟혔기 때문입니다. 경제적으로 안정되자 엄마도 차츰 정신적인 안정을 되찾기 시작했고, 동생들도 원하는 공부를 할 수 있게 됐습니다.

　그런데 이상하더군요. 생활이 자리를 잡으면 잡을수록 제 안의 허기는 점점 더 커졌습니다. '나의 쓸모'를 더 시험해보고 싶어졌지요. 결국 검정고시 공부를 시작했습니다. 낮에는 회사에서 일하고, 밤에는 학원에서 새벽까지 공부했습니다. 그렇게 고입, 대입 검정고시를 마치고 마침내 대학입시까지 왔습니다.

　꿈에도 그리던 대학생이 되면 비로소 진짜 '성공'을 이룰 수 있을 것이라고 믿었습니다. 세상 사람들 앞에 더 당당하게 설 수 있을 거라고요. 그러나 세상일은 제 마음대로 풀리지 않더군요. 두 번의 대학입시에서 보기 좋게 떨어지고 말았습니다. 그리고 저는 쓰러졌습니다. 꼬박 3주간 열병에 시달렸습니다. 대학생이 되고 싶다는 열망만큼이나 입시에 실패한 충격은 온몸을 아프게 휘감았습니다. '이러다 죽는 게 아닐까?' 싶을 정도로.

그때 처음으로 저는 멈추었습니다. 그리고 제 인생을 돌아보았습니다. 저는 그동안 제힘으로, 제 의지로 이 모든 것들을 만들어왔다고 믿었습니다. '날 봐, 난 이렇게 작은 키로도 이 모든 걸 나 혼자서, 나 스스로 해냈다고!' 하며 자랑하고 싶은 마음이 머리끝까지 차 있었습니다. 그러나 어쩌면, 저는 남들이 말하는 성공이라는 허상에 취해서 그저 거기에 무기력하게 끌려가고 있었던 것인지도 모릅니다. 하나를 이루면 또 그다음 성공에 목말라하는.

평생 이렇게 나의 쓸모를 증명하느라 몸부림치며 살아가야 할지도 모른다는 생각이 들었습니다. 그러나 그것이 과연 어떤 의미가 있을까요? 쓰러져서 움직이지도 못하는 제게 한 편의 글이 눈에 들어왔습니다. '거창고교 직업선택 10계명'이라는 제목입니다. 그중에서도 몇몇 문장이 제 마음을 강하게 때리는 듯했습니다.

너를 필요로 하는 곳으로 가라.
처음부터 시작해야 하는 황무지로 가라.
아무도 가지 않는 곳으로 가라.
한가운데가 아니라 가장자리로 가라.

저는 지쳐 있었습니다. 겨우 20대 초반의 나이에. 이 작고 볼품없는 몸으로 세상 사람들과 경쟁하느라 지쳐 쓰러져버렸습니다. 그동안 저는 괜찮다고 우겼지만 제 몸과 마음은 이미 버틸 수 없는 극한의 지경까지 몰렸던 것입니다. 그리고 앞으로의 삶도 이와 다르지 않으리라는 것을 알았습니다. 문제는 바로 그것이었지요.

더 이상은 싫었습니다. 이렇게 살다가는 콱 죽을 것 같았으니까요. 그때 발견한 '거창고교 직업선택 10계명'은 저에게 앞으로 어떻게 살아야 하는지에 대한 길을 제시해주는 듯했습니다. 살려면 반대로 가야 한다는 것을요. 모든 사람들이 가는 방향의 반대로 가면 새로운 길이 보일지도 모른다고요. 그리고 정말 기다렸다는 듯이, 보츠와나에서 일할 자원봉사자를 모집한다는 공고가 눈에 들어왔습니다. 이 두 가지 글은 마치 제게 이런 말을 해주는 듯했습니다.

'지금 하고 있는 일과 삶을 떠나서 보츠와나로 가라. 그러면 너는 살 수 있다.'

보츠와나의 굿 호프 기술학교는 거창고교 직업선택 10계명의 모든 조건을 충족시키는 곳이었습니다. 가슴 깊은 곳에서 이곳에 가야겠다는 확신이 들었습니다. 무엇보다 보츠와나라면 제가 오랫동안 찾아 헤매던 답을 구할 수 있을 것만 같았습니다. 그렇게 저는 한국을 떠났습니다. 동시에 저의 쓸모를 증명하기 위한 10년 동안의 고된 레이스도 끝이 났지요.

이제 아프리카라는 새로운 트랙에 올라섰습니다. 수많은 길 중에서도 가장 거칠고 황량한 길. 밥도, 물도, 환경도, 심지어 말조차 제대로 통하지 않는 곳입니다. 그러나 보츠와나에서의 새로운 삶은 사실, 그전까지의 삶과 크게 다르지 않았습니다. 원래 제 삶이 황무지나 다름없었으니까요. 그런대로 견딜 만했습니다. 환경은 문제가 아니었습니다. 정작 가장 힘든 것은 '이유'였습니다. 거창고교 직업선택 10계명은 가야 할 이유는 말해주었지만 계속 있어야 할 이유까지는 말해주지 않았으니까요. 보츠와나에 왔지만 계속 살아야 할 이유를 찾는 것은 온전히 제 몫이었습니다. 결국 내 인생의 답은 나 자신이 구할 수밖에 없으니까요.

"너는 정말 예뻐!"

굿 호프 마을의 추장에게 처음 인사하러 들렀을 때였습니다. 10세 정도 된 귀엽게 생긴 남자아이가 제 주변을 빙글빙글 돌기 시작합니다. 아이는 호기심 어린 눈으로 저를 한참 동안 지켜보더니 이렇게 묻습니다.

"당신은 소녀인가요? 숙녀인가요?"(Are you a girl? Are you a lady?)

추장의 어린 아들은 제 '정체'가 무척이나 궁금했던 모양입니다. 키를 봐서는 자기랑 비슷해 보이는데, 태도를 봐서는 어른인 것 같으니 헷갈린다는 것이지요.

아이다운 질문이라고 웃어넘기면 그만이지만, 저는 그럴 수 없었습니다. 태어나서 이렇게 '신선한' 질문을 받아보기는 처음입니다. 아이는 제게 장애인이냐고 묻지 않았습니다. 처음부터 너무나 당연하게,

저를 '여자'로 봐주었습니다. 아이뿐 아니라 제가 보츠와나에서 만난 대부분의 사람들도 마찬가지였습니다. 다만, 작은 키 때문에 어린 여자아이인지, 다 큰 성인 여자이지만 궁금해할 뿐이지요. 정말 눈물이 날 정도로 새로운 경험이었습니다. 저를 장애인이 아닌, 한 사람의 여자로 봐준다는 것이.

놀라운 것은 이것뿐만이 아니었습니다. 언제부터였을까요? 아이들이 저한테 자주 말해주는 츠와나어가 들리기 시작합니다.

"호몬떼…."

"웨나 호몬떼 또타."

아이들의 표정이나 눈빛을 봐서는 뭔가 좋은 말인 것 같습니다. 특히나 제 옆에 와서 머리카락이나 손을 만질 때 이 말을 자주 합니다. 그렇다면 혹시…?

설마 했는데 진짜였습니다. '호몬떼'는 이 나라 말로 '예쁘다'는 뜻이고, '웨나 호몬떼 또타'는 '너는 정말 예쁘다'는 뜻이었습니다. 처음에는 긴가민가했는데 아이들의 표정을 보니 진심입니다. 바깥에서 햇볕을 쬐며 신 나게 수다를 떨다가도 아이들은 문득, 저에게 예쁘다고 말해줍니다. 시커멓게 탔지만 비교적 그들보다 하얀 피부도, 그들처럼 곱슬곱슬하지 않은 머리카락도 그저 신기하다고요. 저는 그런 아이들이 더 신기했습니다.

"내가… 정말 예쁘다고?"

더 놀라운 것은 아이들이 유독 저에게만 예쁘다고 말해준다는 것입니다. 저보다 훨씬 예쁘고 늘씬한 다른 선생님들에게도 "웨나 호몬테!"라는 말을 하지 않았습니다. 그렇게 보자면 단순히 외모 때문만은 아닌가 봅니다. 아무리 못난 친구라도 '절친'이 되면 예뻐 보이는 그런 현상 아니었을까요? 아이들의 허리춤밖에 오지 않는 저는, 선생이라기보다 친구에 가까웠으니까요.

어찌 됐든, 예쁘다는 칭찬이 보통 사람들에게는 그저 기분 좋은 해프닝 정도일지도 모릅니다. 그러나 제게는 존재를 흔드는 대사건이었습니다. 아프리카에 가기 전까지 저는 존재 자체를 부정당하는 경험을 일상적으로 해왔기 때문이지요. 나를 낳아준 엄마로부터 "태어나지 말았어야 돼!"라는 말을 들으며 자랐습니다. 그리고 한국 사회에서 저는 여성이라는 카테고리에 들어가지 않았습니다. 여성이기 이전에 장애인이었으니까요. 때문에 그 당시만 해도 소녀 혹은 숙녀, 여자라는 정체성은 제 안에서 미처 자라지 못했습니다.

저는 살아오면서 스스로에게 별다른 불만이 없었습니다. 이렇게 약한 몸이지만, 아픔을 견디고 최선을 다해서 살아준 저 자신이 대견스러웠지요. 그러나 딱 거기까지였습니다. 제가 한 여자로서 예쁘다 혹은 예쁠 수도 있다는 생각 자체를 아예 해본 적이 없었습니다. 한국에서 살 때 결혼할 뻔했던 사람도 있었지만, 여전히 저는 여성으로서 인

정받지는 못했습니다. 그만큼 한국 사회에서 장애라는 프레임은 너무
나 견고했기 때문입니다.

그런데 지구 반대편에서 저는 예쁜 여자였습니다. 그냥 예쁜 여자.
한 명의 아름다운 인간이었습니다. 순박한 아프리카 사람들은 장애인
이 아니라 자신들과 똑같은 인간이자 여자인 김해영을 먼저 보아주었
습니다. 마음을 터놓을 수 있는 친구로 생각해주었고, 진심으로 예쁘
다고 말해주었습니다. 오랫동안 잊고 있었던 저의 거대한 한 조각을
찾아준 것이지요.

장애인으로 사는 것과 인간임을 깨닫고 사는 것 사이에는 어마어마
한 차이가 존재합니다. 미운 오리새끼인 줄만 알았던 백조가 날개를
펴고 훨훨 날아다니는 느낌이랄까요.

이전까지 저는 기술자이자 교사 김해영일 뿐이었습니다. 그러나 어
떤 성공도, 어떤 사회적 지위도 제가 소중한 한 사람의 인간이고 여자
라는 명제를 넘어설 수 없습니다. 마찬가지로 아무리 못생기고 약하
고 장애가 있다 할지라도, 제가 한 인간이고 여자라는 정체성이 사라
지지 않습니다.

그러나 한국 사회에서는 아름다워지기 위해 많은 조건이 필요합니
다. 미모는 물론이고, 학벌과 직업, 배경이 있어야 멋있다는 얘기를 들
을 수 있습니다. 그 기준에 못 미치면 아름답기는커녕 사람처럼 보이

기도 힘듭니다. 타인에게도, 그리고 자신에게도.

보츠와나에 와서야 알았습니다. 이제껏 사람을 바라보는 내 눈이 얼마나 병들어 있었는지를. 그리고 나라는 존재가 얼마나 예뻤는지를. 우리는 모두 인간이라는 이유만으로도 충분히 아름다운 존재라는 것을.

"웨나 호몬떼 또타."

이 말은 인간으로서, 여성으로서의 제 자신을 일깨웠습니다. 그리고 다시 건강한 눈으로 나와 타인을 바라보게 됐습니다. 아프리카뿐만 아니라 세상의 어느 곳에 가서도 충분히 당당할 수 있을 만큼. 솔직히 얘기하자면, 지금도 거울 속의 저 작은 여자가 얼마나 귀여운지 모릅니다.

고통의 크기가
자유의 크기다

　태어난 지 3일 만에 아버지는 저를 집어던졌습니다. 술을 먹고 홧
김에 벌어진 일이었습니다. 다섯 남매 중 첫째인 제가 딸로 태어나자,
며느리를 미워했던 할아버지가 "재수 없게 딸이 태어났다."며 역정을
냈기 때문입니다. 세상에 팽개쳐진 흔적은 제 온몸에 고스란히 남았
습니다.

　키가 134cm에서 성장이 멈췄고, 척추가 비정상적으로 휘었습니다.
그 때문에 엉덩이가 짝짝이가 되었고, 양쪽 다리의 길이도 달라졌지
요. 몸은 오른쪽으로 기울어버렸습니다. 때문에 신체 내부의 장기는
물론이고 각종 신경과 근육들도 제 위치에서 약간씩 어긋나 있습니다.

　그중에서도 가장 끔찍한 것은, 매순간 경련을 일으키는 듯한 극심
한 허리통증입니다. 마치 옆구리 속에서 뜨거운 불덩어리가 이글이글

타는 것 같습니다. 앉아 있을 때는 물론이고 걷거나 몸을 움직이면 고통은 몇 배가 됩니다. 10대 시절, 12시간 넘게 편물기계 앞에서 일을 하다 보면 매순간 허리가 끊어질 듯 아파왔습니다. 그때 제가 할 수 있는 것이라곤 밤마다 울면서 기도하는 것뿐이었습니다.

'하나님, 내일 눈뜨지 않게 해주세요.'

여덟 살 때부터 저는 대문 밖에서 많은 시간을 보냈습니다. 머리를 다친 엄마는 정신질환이 심해져 외갓집으로 갔고, 아버지는 둘째와 셋째만 데리고 서울로 올라가 새장가를 들었습니다. 저는 시골의 큰아버지 집에 맡겨졌습니다. 5명의 사촌들은 툭 하면 저를 때리고, 방에 가둔 채 문을 닫아걸었습니다. 결국 보다 못한 큰어머니는 제 손을 이끌고 서울의 아버지 집으로 찾아갔습니다. 계모가 저를 보더니 날카로운 목소리로 말했습니다.

"애들이 둘밖에 없다더니, 얘는 뭐야!"

어린 마음이 덜컥 무너져 내렸습니다. '내가 오지 말아야 할 데를 왔구나.' 그것은 부정할 수 없는 사실이었습니다. 계모는 저를 눈엣가시로 여기며 노골적으로 구박했습니다. 그러나 가장 지옥 같았던 것은 친엄마의 폭력이었습니다. 얼마 후 넷째를 안고 서울로 찾아온 엄마는 자신을 버린 남편에 대한 분노로 미쳐갔습니다. 그 광기는 고스란히 가장 만만하고 약했던 제게 쏟아졌습니다.

"너 같은 건 태어나지 말았어야 해!"

엄마를 피해 대문 밖에서 자는 날이 점점 더 많아졌습니다.

초등학교의 교실에서는 '왕따'였습니다. 엄마의 욕설과 구타를 피해 몰래 숨어 살다시피 했던 저는 늘 씻지도 못하고 꾀죄죄했으니까요. 당연히 도시락도 쌀 수 없어 점심때마다 굶었습니다. 주변에 친구들이 있을 리가 없었지요. 그런데 선생님마저 그런 제가 싫었던 모양입니다.

어느 날, 선생님이 말했습니다. 내일부터 도시락을 싸오지 않으면 벌을 주겠다고. 다음 날 도시락이 없었던 것은 우리 반에 저 혼자였습니다. 창피한 마음에 고개만 푹 수그리고 있었습니다. 그러자 선생님이 도시락 뚜껑에 반 아이들의 밥을 한 숟가락씩 덜더니 제게 내밀었습니다.

"남기지 말고 다 먹어."

차마 목구멍으로 넘어가지 않는 밥알 위로 눈물이 뚝뚝 떨어졌습니다. 선생님의 동정은 굶주림보다 훨씬 아팠습니다.

어떤 철학자가 이런 말을 했습니다.

"내가 겪은 고통의 크기가 내가 누리는 자유의 크기다."

저는 남들과는 조금 다른 어린 시절을 보냈습니다. 덕분에 제가 지금 누리고 있는 자유의 폭도 무척이나 넓어졌습니다. 특히 '누군가를 마음껏 이해할 수 있는 자유'의 폭이요.

1990년대 초중반 당시의 보츠와나는 한국의 1960~1970년대에 머물러 있었습니다. 수많은 아이들의 삶은 제 어린 시절 못지않게 심각했습니다. 서너 살 때부터 고사리손으로 양이나 염소를 치고, 끼니는 하루 한 번 옥수수죽으로 겨우 때우는 것이 전부였습니다. 배우지 못한 10대 소녀들은 책임지지 못할 아이를 낳고, 소년들은 일자리를 구하지 못해 이리저리 떠돌았습니다. 게다가 에이즈로 목숨마저 낙엽처럼 떨어지던 잔인한 시절이었습니다.

굿 호프에 갔던 많은 한국인들은 그런 아이들의 처지를 안타까워했습니다. 아프리카 사람들에게 꿈과 희망을 주고 싶어 했습니다. 그러나 한 가지, 우리가 조금 몰랐던 것이 있었습니다. 마음으로 이해할 수 없는 고통은 동정이 된다는 사실을. 그리고 상대방에게 또 다른 고통을 줄 수도 있다는 것을. 그것이 아무리 착한 마음에서 우러난 진심이라 하더라도, 아무리 많은 것을 준다 해도 말입니다.

적지 않은 교사들이 아이들을 불쌍하다는 시선으로 바라보았습니다. 한국과 보츠와나의 격차만큼. 자기도 모르게 위에 서서 아이들을 내려다보고 있었습니다. 일상적으로 열등감에 시달려본 사람은 그 시선을 귀신같이 알아챕니다. 그리고 더 서럽고 슬퍼집니다. 누군가의 도움을 받는다는 것은, 그 자체로 이미 마음 아픈 일이기 때문입니다.

몸도 마음도 아팠던 아이는 10여 년 후 선생이 됐습니다. 여전히 아주 조그만 선생이지요. 10cm짜리 통굽 신발을 신어도 아이들이 저를 올려다볼 일은 없습니다. 학생들이 의자에 앉고 제가 옆에 서 있으면 그제야 눈높이가 딱 맞습니다. 그래서인지 아이들에게 저는 아주 '만만한' 선생입니다. 다른 선생님들에게는 찍소리도 못하면서, 저한테는 별별 수다를 다 떱니다. 빨랫감을 들고 세면장에 나가면 아이들이 달려와 거들어주고, 허리통증 때문에 제대로 걷지 못하면 어서 업히라며 가녀린 등을 내줍니다.

다른 선생님들이 아무리 같이 일하자고 청해도 들은 척도 안 하던 아이들이, 제가 아무 말 없이 삽을 끌고 앞장서면 따라옵니다. 아이들은 본능적으로 알기 때문입니다. 자신들이 누군가로부터 '동정'을 받고 있는지, 아니면 누군가와 '공감'을 하고 있는지를.

저에게는 아이들의 그런 마음이 유리알처럼 투명하게 보였습니다. 저 아이들은 어렸을 때의 저 자신이기 때문입니다. 태어나자마자 존재를 부정당하고, 가족에게 거부당하고, 세상의 차별에 상처받은 아이들. 그 아픈 마음으로 낮은 눈높이에서 바라보면, 작은 몸짓과 눈빛에 담긴 슬픔까지 눈에 고스란히 들어옵니다.

'이해understand'란 말 그대로 'under(낮은 곳에)' + 'stand(서는)' 일입니다. 가장 낮은 곳에 서면 이해하지 못할 사람이 없고, 상대방의 고통을 이해하면 누구와도 공감하게 됩니다. 어쩌면, 진정한 치유는 거기서부터 시작되는지도 모릅니다.

이해인 수녀님이 암 투병을 할 때, 많은 사람들이 찾아와 위로했습니다. 사람들은 수녀님의 병이 그녀를 더 크게 쓰시려는 주님의 뜻이라고 얘기했습니다. 그녀를 위해 매일같이 기도하고 있다는 말도 빼놓지 않았지요. 그러나 그런 말은 하나도 위로가 되지 않았습니다. 들으면 들을수록 더 슬퍼지고 나중엔 화가 날 지경이었다고 합니다. 그때 수녀님의 마음을 치유한 이는 옆방에서 투병하던 김수환 추기경님이었습니다.

어느 날 병실로 찾아온 추기경님이 수녀님에게 '항암이라는 것을 하느냐'고 물었습니다. 그러자 수녀님이 말했습니다.

"항암만 합니까, 방사선도 하는데."

그러자 추기경님이 한 마디 툭 던집니다.

"대단하다, 수녀!"

그 말에 수녀님은 왈칵 눈물을 터뜨렸습니다. 당시 추기경님은 노환으로 입원해 죽음을 앞두고 있었습니다. 그때만큼은 가톨릭계의 수장이 아니라, 아니라 죽음 앞에 함께 선 한 사람의 인간으로서 수녀님을 대했던 것이지요.

사회복지사로 일하면서 저는 수많은 일들과 사람들을 현장에서 만나고 있습니다. 상처 입은 여성이 상처 입은 여성을 도와주면서 서로를 치유해가는 모습을, 왕따당했던 아이가 왕따당하는 아이의 손을 잡아주면서 함께 일어나는 모습을…. 이렇게 상처는 상처로 치유됩니다. 그래서 저는 무척이나 자유롭습니다. 저처럼 부정당하고 거부당하고 차별받았던 수많은 이들과 공감할 수 있는 자유, 이들과 함께 서로의 상처를 치유할 수 있는 자유를 얻었으니까요.

한 사람을
진실로 사랑한다는 것

　세상에는 참 많은 길이 있습니다. 땅 위에 있는 길뿐 아니라 흐르는 물속에도 길이 있습니다. 바람도 바람의 길을 따라 붑니다. 숲에 오래 있어 보면 알게 됩니다. 바람도 아무 데서나 불어오는 게 아니라는 것을요. 바람도 산골짜기와 나무 사이를 타고 정해진 길로 오고 갑니다. 길이라는 것은 이렇게 한번 생기면 좀처럼 바꾸기 쉽지 않습니다.

　마음에도 길이 있습니다. '마음의 길' 역시 한번 생겨나면 그 길로 마음이 움직입니다. 아무리 중간에 새로운 길을 내보려 애써도 거세게 흐르는 마음을 돌리기에 역부족일 때가 많습니다. 보츠와나 생활의 초반은 이렇게 한국에서 제 마음에 새겨진 길을 바꾸는 데 많은 시간을 보내야 했습니다. 몸은 보츠와나에 있지만 마음은 한국에 머물러서 오지 않았습니다. 오랫동안.

'하나님, 저런 사람과 사귀면 참 좋겠는데요….'

어느 날, 저는 교회 옆자리에 앉은 남학생을 흘깃 보고 사심(!) 가득한 기도를 드렸습니다. 첫눈에 반해버린 것이지요. 열여덟 살 때 즈음이었습니다. 다행히 저는 얼마 후 그 멋진 교회오빠와 친구가 되었습니다. 그는 고등학교를 졸업하자마자 군대에 갔고, 우리는 편지로 서로의 소식을 전하기 시작했습니다. 꼬박 5년 동안.

그는 제대하자마자 취업을 했고 주말이나 휴일에는 중증장애인들을 찾아다니며 봉사활동을 하기 시작했습니다. 공교롭게도 그와 자주 만나고 있을 때, 또 다른 남자가 청혼을 해왔습니다. 제가 여자로서 빛나는 한때가 있었다면, 아마 그 무렵이었겠지요.

그러나 저는 그와 우정과 사랑 사이에서 결론을 내리지 못한 채 엉거주춤 서 있었습니다. 마음은 그에게로 향하고 있었지만, 현실은 그다지 희망적이지 않았으니까요. 세상 사람들은 저와 그를 정상인 남자와 장애인으로 구별했습니다. 아주 단순하면서도 확고한 구별이지요.

저는 이런 반대를 감당할 자신이 없었습니다. 혹시나 꿈꾸던 대학생이 되면 그와 이루어질 수 있을까 하고 기대도 해보았지만, 이 역시 실패로 돌아갔습니다. 언제나 그랬듯, 무엇을 어떻게 해야 할지 모를 때 책 한 권을 집어 들었습니다. 저는 지금도 그 책을 읽은 것을 후회합니다. 그리고 감사합니다.

'눈물 한 방울이 큰 바다에 합류하듯이, 그녀에 대한 사랑은 이제 살아 있는 인류의 바다 속에 합류해 수백만의 마음에 스며들어 그들을 포용하고 있다.'

막스 뮐러의 《독일인의 사랑》. 이 작품에서 주인공은 어렸을 때부터 사랑했던 마리아를 병으로 잃게 됩니다. 마리아를 돌보던 의사는 괴로워하는 주인공에게 '당신의 사랑을 수많은 타인에게 돌리라'고 말합니다. 이 책은 한 사람을 사랑할 수 있다면 더 많은 사람도 똑같이 사랑할 수 있다고 말하고 있었습니다. 매우 관념적이고 플라토닉한 이야기였지만, 저는 그 구절에서 한 줄기 빛을 발견했습니다. 한 사람을 소유하는 것만이 사랑을 완성하는 게 아닐 수도 있다는 가능성을 발견했기 때문입니다. 고지식했던 저는 이 말을 곧이 믿었습니다. 마음먹은 것을 지키는 것이 아름답다고 믿었고, 배운 것을 실행하는 힘이 가장 강력한 삶의 동기가 되고 있을 때였습니다.

"언제 돌아올 거니?"

"글쎄, 가는 것은 내 마음대로지만 돌아오는 일은 내 마음대로 안 되겠지."

그가 한참을 고민하다가 말했습니다.

"만약 네가 돌아오지 않는다면 A와 결혼할 거야."

A는 사고로 두 다리를 잃어서 휠체어에 의지하고 있는 제 친구였습

니다.

"그래, 나는 두 다리가 있어서 세상을 돌아다니면서 사람들을 만날 기회가 있겠지만, A는 형편이 다르니까. 만약 네가 A와 결혼한다면 그건 나와 결혼하는 것과 같아."

저는 짐짓 '독일인의 사랑'을 실천하는 기분이 되어 아무렇지도 않은 듯 그에게 이렇게 말해버리고 말았습니다. 물론, 그가 제게 많은 의미가 있는 사람임에는 틀림없었습니다. 제가 10대 시절에 이룬 기적 같은 성취의 뒤에는 그의 응원과 격려의 힘이 컸으니까요. 그러나 그 당시 제 마음 또한 진심이었습니다. 친구인 A에 대한 우정도 그만큼 소중했으니까요.

"그곳 사람들한테, 너한테 한 것처럼만 할게."

한국을 떠나면서 제가 그에게 남긴 마지막 말입니다. 막상 그곳에 가서 잘 알지도 못하는 낯선 보츠와 사람들을 어떻게 대해야 할까 고민했는데, 답은 하나밖에 없었습니다. 그를 대하듯이, 그를 사랑하듯이 하면 되겠지.

그렇게 두 사람의 행복을 빌며 저는 비행기에 올랐습니다. 제가 아프리카의 뜨거운 태양 아래서 학생들을 가르친 지 두 해가 다 되어갈 때쯤, 한국에서 두 사람의 결혼 소식이 날아왔습니다. 그리고 이제 중년이 된 그들 부부에게는 군대에 간 아들이 있습니다.

저는 그때의 제가 결코 사랑을 포기한 것이 아니라는 것을 세월을 통해 배웠습니다. 한 사람에게 구하지 않은 그 사랑을 아프리카의 수많은 사람들에게서 받았습니다. 사랑을 전하겠다며 떠난 아프리카에서, 오히려 제가 형언할 수 없을 만큼 큰 사랑을 받았습니다. 만인에게 주었던 그 사랑을, 다시 만인이 저에게 돌려주었기 때문입니다. 한사람을 진실로 사랑하는 것은 만인을 사랑하는 것과 같습니다. 한 사람을 온전히 사랑하는 사람은 모두를 사랑하는 법을 알고 있으니까요.

인격의 무게

　모두 떠났습니다. 많게는 수십 명의 한국인들로 들썩거리던 이곳에 지금은 아무도 없습니다. 누군가는 몸이 아파서 떠났고, 누군가는 희망이 없다며 떠났고, 누군가는 사람이 싫어 떠났습니다. 돌아가지 못한 사람은 학교 옆 묘지에 누워 있습니다. 그중에는 결혼한 지 1주일 만에 이곳에 왔다가 사고를 당한 25세의 한국인 청년도 있습니다.

　사람들은 떠났지만 학교 곳곳에는 지난 4년간의 흔적이 남아 있습니다. 아픈 허리를 부여잡고 직접 벽돌을 한 장 한 장 나르며 지은 식당이 있고, 아이들이 아침마다 노래를 부르던 수돗가가 있습니다. 매일 정성스레 가꾸던 정원 한쪽의 나무들도 어제처럼 자라고 있습니다. 돌아갈 수 없는 과거와 현재의 무심한 간극. 그 사이에서 저는 길을 잃고 서성였습니다.

재정악화로 학교는 이미 문을 닫았고, 아이들도 집으로 돌아갔습니다. 저와 함께 마지막까지 남았던 책임자 부부도 결국 짐을 쌌습니다. 저는 당분간 혼자라도 남겠다고 했습니다. 문은 닫았지만 아직 학교 안에는 목공기계, 편물기계 등 우리가 땀 흘려 마련했던 모든 것들이 그대로 있었습니다. 누군가 이 학교를 처분할 때까지만이라도 지키고 싶었지요.

게다가 자원봉사자였던 제게는 한국으로 돌아갈 여비마저 없었습니다. 한국의 본부로 전화를 하려면 타운까지 나가야 하는데, 이마저도 차가 없으니 엄두가 나지 않았습니다. 완벽한 고립무원의 상태. 저는 어느새 갇혀버렸습니다. 희망도 미래도 사라진 텅 빈 그 자리에.

저녁이 되면 대문 앞을 맴맴 돌았습니다. 이미 가방은 싸놓은 지 오래. 돌아가고 싶고, 사람이 그리웠습니다. 하지만 차마 떠날 용기도 없어서 이러지도 저러지도 못하는 날들이 이어졌습니다.

그렇게 4월과 5월이 지나고 6월이 되었을 무렵, 처음으로 학교에 사람이 나타났습니다. 집으로 돌아갔던 여학생 5명이 다시 찾아온 것입니다. 편물과와 양재과 2학년 졸업반이었던 아이들은 7월에 예정된 자격시험을 준비할 수 있게 도와달라며 간청했습니다. 사정은 딱하지만 먹을 것도 제대로 없는 상황에서 막막하기만 했습니다.

"여긴 나밖에 없는데, 내가 너희를 어떻게 돕겠니?"

"괜찮아요. 선생님만 있으면 돼요."

아이들은 먹을 것까지 이미 싸왔다며 걱정하지 말라고 했습니다. 선생들이 모두 떠난 학교에 공부를 하겠다고 찾아온 학생들…. 그 아이들이 제게 선생이 되어달라고 청했습니다. 이토록 작고 무기력한 저에게.

그날 밤, 저는 기숙사에서 새어나오는 불빛을 오랫동안 지켜보았습니다. 그리고 방에 돌아와 커다랗게 '무無' 자를 써서 책상 앞에 붙였습니다.

'아무도 없다. 아무것도 없구나. 그렇다면 과연 나에게 남은 것은 무엇인가.'

그때 문득 이런 말이 생각났습니다. '인격의 무게.' 예전에 어느 잡지에서 읽었던 전직 교육부 장관의 인터뷰에서 나왔던 말이었습니다.

'누군가는 돈에 움직이고, 누군가는 힘에 의해 움직입니다. 우리는 결국 각자가 가진 인격의 무게에 따라 인생을 사는 셈이지요.'

왜 그 말이 그때 떠올랐을까요? 왜 그렇게 가슴에 와 닿았을까요? 저의 선택은, 곧 인격의 무게를 드러내는 어마어마한 고백에 다름 아니게 됐습니다.

'그 무게를 감당할 무엇이 과연 내 안에 있을까?'

그때 문득 떠오른 게 있었습니다. 저를 이곳 보츠와나로 보냈던 '거창고교 직업선택 10계명'. 황무지로 가라고 해서 황무지로 왔고, 월급 없는 데로 가라고 해서 이곳까지 왔습니다. 만일 이곳을 떠난다면 또 다른 직업을 선택해야 할 텐데, 갈 데가 있어야지요. 칼라하리 사막보다 더한 황무지, 여기보다 더 월급이 없는 곳이 세상에 어디 있겠습니까? 10계명을 기준으로 다시 곰곰이 생각해보니 첫 번째 답이 나왔습니다.

'사람들이 오지 않는다고 해서 왔으니, 반대로 다 떠날 때는 남아야겠구나.'

논리적으로도 명쾌한 답이었습니다. 게다가 어렸을 때부터 기술을 익혀온 저는 누가 말해주지 않아도 압니다. 편물기술을 배워서 베테랑이 되는 데 꼬박 10년이 걸렸습니다. 어떤 길을 진심을 다해 선택했다면 이 길이 맞는지 아닌지에 대한 얘기는 10년 후에 해도 됩니다. 그래도 인생은 그리 늦지 않더군요. 결론적으로 그 길이 아니었다고 해도 괜찮습니다. 최선을 다했다면 그 자체로 다음 10년을 걸어갈 힘을 충분히 얻을 테니까요. 그렇게 생각하니 또다시 두 번째 답이 나왔습니다.

'사람을 사랑하는 일을 하러 왔다면, 최소한 10년은 있어보자. 나는 아직 모르는 것도, 부족한 것도 너무 많다. 서른다섯에 돌아가도 늦지 않다.'

세 번째 답을 찾은 것은 칠흑같이 어두웠던 한밤중이었습니다. 떠나지 못한 대문 앞에서 무릎을 꿇고 기도했습니다. 수십 명의 땀과 눈물, 심지어 목숨까지 내놓았던 그 모든 일들이 보람 없이 스러져가는 것이 미치도록 가슴 아팠습니다. 목이 메여 아무 말도 할 수 없었습니다. 그러나 막상 혼자 남을 생각을 하니 두려움이 앞서더군요.

'하나님, 아무도 없는데, 저 혼자인데, 아이들이 공부를 하겠다고 와 있어요. 제가 무엇을 할 수 있을까요.'

기도는 침묵이 되고 이내 눈물이 되었습니다. 모래바닥에 주저앉아 한참을 울었습니다. 그때 작은 소리가 들렸습니다. 정말 신의 목소리였는지, 아니면 제 내면의 목소리였는지⋯. 어쩌면 사막이 건넨 말인지도 모릅니다. 분명한 것은 그 소리가 제 심장에 닿았다는 사실입니다.

'여기서 나와 같이 살자.'

그 목소리는 제게 학교를 일으켜야 한다고 말하지 않았습니다. 어려운 사람들을 도와주라고 하지도 않았습니다. 그저 함께 있자고만 했습니다. 그거면 충분하다고.

저는 흐르는 눈물을 닦고 바닥에서 일어났습니다. 그랬구나. 제 안의 하나님은 그걸 원하고 계셨구나. 그제야 사람들이 떠난 이유를 알았습니다. 우리는 학교를 세우고 복음을 전하고, 불쌍한 이들을 도우러 갔지 함께 살려고 간 것이 아니었습니다. 보이지도 않는 산의 정상 위에 깃발을 꽂기 위해 매일같이 달리고 있었습니다. 때문에 척박한 현실 속에서, 길도 보이지 않는 모래바람 속에서 지쳐갈 수밖에 없었던 것이지요. 저는 여기서 마지막 답을 찾았습니다.

'그래. 그냥 함께 살자. 그거면 충분하다. 위대한 일을 하라는 것도

아닌데, 그냥 여기서 사는 것이야 못하겠나.'

곧장 방으로 들어가 책상 앞의 '무' 자를 떼어버렸습니다. 모두가 떠나고 텅 비었다고만 생각했던 이곳에서, 저는 남아야 할 이유를 3가지나 찾았으니까요. 제 안에서 발견한 제법 묵직한 답들이었습니다. 만약 그 아이들 때문에 보츠와나에 남았다면, 저는 아마 얼마 못 가 떠났을 것입니다. 저 자신을 근본적으로 설득하는 힘은 스스로에게서만 구할 수 있으니까요.

그렇게 새로운 길을 발견하자 마치 기다렸다는 듯 학교 이사회로부터 연락이 왔습니다. 학교를 어떻게 하면 좋을지 제 의견을 묻더군요. 저는 운영계획서를 만들어 제출했고, 이사회도 동의를 해주었습니다. 그리고 마침내 1994년 9월, 학교 문을 닫은 지 5개월 만에 아이들이 다시 돌아왔습니다. 제가 가르친 제자 몇 명은 교사로 불렸습니다. 그렇게 22명의 교직원과 학생들로 학교는 다시 정상화됐습니다.

겨우 스물여덟에 저는 학교의 최고 책임자가 됐습니다. 제가 선택한 무게였기에 힘겨웠지만 버틸 만했습니다. 중요한 것은 제가 '여기에 살고 있다'는 사실이었습니다. 마음이 뿌리를 내리자 황량하기만 했던 벌판마저 달라 보입니다. 어느덧, 고향입니다.

우리는 모두
원석으로 태어난다

누군가의 앞에 선다는 것, 누군가를 이끌고 책임진다는 것은 언뜻 '기회'인 것처럼 보입니다. 잠재돼 있던 자신의 능력을 마음껏 보여줄 수 있으니까요. 그런데 이를 거꾸로 보면 자신의 약점을 고스란히 내보이는 '위기'가 될 수도 있습니다. 묻혀 있을 때는 적당히 숨길 수 있었던 흠집이 사람들 앞에 나오는 순간, 너무 잘 보이거든요.

제가 교장이 되고 나서 맨 처음 깨달은 것도 저의 '한계'였습니다. 저 자신도 미처 몰랐던 부족함이 끝없이 보이기 시작했습니다. 일단 짧은 영어부터 탄로 났습니다. 수업이야 한국어, 영어, 츠와나어를 섞거나, 그것도 안 통하면 손짓발짓을 해가며 할 수 있었지만, 공문서는 얘기가 달라집니다.

학교에 온갖 종류의 영문 서류가 마구 날아오는데 걱정이 태산입니다. 해석은 물론 영어로 답장까지 해줘야 하는데 눈앞이 캄캄해졌습니다. 검정고시 준비를 하면서 독학한 영어 실력이라 문법도 제대로 몰랐거든요. 게다가 당시에는 저를 도와줄 비서도 없고 교사들 역시 역량이 부족하던 시절이었지요.

말이 되든 안 되든 일단 써보고 수정하는 데 꼬박 2~3주가 걸렸습니다. 겨우 A4 반 장짜리 답장을 쓰는 데요. 어찌어찌해서 보내면 이번에는 A4 2~3장을 써야 하는 공문서가 날아옵니다. 그저 한숨만 나오지요. 나중에는 저도 요령이 생겼습니다. 꼭 써야 할 말만 간단히, 요점만 짧게! 그래도 학교는 굴러가더군요.

이뿐인가요. 마을 기관장 회의에 참석하면 알아듣는 척까지 해야 합니다. 대충 눈치코치로 대답하고, 웃으며 고개를 끄덕이는 것이지요. 점점 생활연기의 달인(?)이 되어갑니다. 이런 영어 스트레스는 거의 2년 이상 저를 괴롭혔습니다. 어찌 됐든 중요한 것은 영어 실력만큼은 급속히 늘었다는 것입니다. 역시 최고의 스승은 '맨땅'인가 봅니다. 부딪히면 아프지만 좀처럼 잊을 수는 없으니까요.

게다가 제 얄팍한 리더십도 금세 바닥을 드러냈습니다. 일반교사일 때 학생들은 제 말이라면 곧잘 따라주었습니다. 그래서 학교장이 된 후에도 예전에 하던 대로 하면 되겠지 하고 생각했습니다. 혼자 착각했던 것이죠. 일단 제가 부른 현지인 교사들부터 통제가 안 됐습니다.

졸업생 중에서 교사를 뽑았는데, 양재과와 목공과 교사들이 사사건건 따지고 들었습니다. 예를 들어 수업 재료를 사는 데도 터무니없이 많은 양의 천과 단추를 요구합니다. 제가 그런 문제를 지적하면 대체로 이런 반응입니다.

"선생님은 편물 전문가지 양재 전문가는 아니잖아요?"

당시 양재과 교사는 저보다 나이도 세 살이나 더 많아서 결코 호락호락하지가 않았습니다. 그렇다고 학생들 앞에서 싸울 수는 없으니 참 답답한 노릇이지요. 방법은 하나밖에 없습니다. 직접 보여주는 수밖에. 결국 저는 그녀 앞에서 정장 바지 한 벌을 뚝딱 만들어서 보여주었습니다. 전공은 편물이지만 웬만한 양재는 할 줄 알았으니까요. 그제야 교사들도 제 이야기를 듣기 시작했습니다.

목공과 교사도 마찬가지였습니다. 한번은 액자를 만드는 데 한쪽의 길이가 살짝 짧아 보였습니다. 편물을 오래 하면 치수를 읽는 눈이 꽹장히 날카로워지거든요. 물론 목공 교사는 자기가 직접 잘랐으니 절대 그럴 리 없다고 반박합니다. 직접 줄자로 재서 보여주자 그제야 제 말에 수긍합니다.

햇병아리 학교장이 된 저는, 햇병아리 교사들부터 가르쳐야 했습니다. 예산이 넉넉지 않다는 사실을 이들에게 어떻게 이해시킬 것인가. 어떻게 자존심 상하지 않게 "노No."라고 말할 것인가. 사람마다 캐릭

터가 다르니 이들을 대하는 방법도 달라질 수밖에 없습니다. 한 명 한 명을 두고 고민하는 밤이 많아졌습니다. 이때만큼 사람에 대해 집중적으로 연구해본 적이 없을 정도로.

그럼에도 불구하고 학교가 성장하는 과정에서 겪을 수밖에 없는 여러 가지 갈등을 피해갈 수는 없었습니다. 한 교사가 저를 노동부에 신고한 적도 있고, 아이들을 선동해 수업을 거부한 적도 있었습니다. 인근 학교에서 온갖 감언이설로 아이들을 몽땅 빼간 적도 있었지요.

그때 제가 할 수 있는 것은 그저 '가만히 있기'였습니다. 아무런 불평도 하지 않았고 목소리 높여 항의하지도 않았습니다. 누군가 떠나면 애써 붙잡지 않았고, 돌아오면 막지 않았습니다. 마음을 얻는 것은 결국 시간의 문제이니까요. 시간만큼 공정한 재판관이자 대변인도 없으리라 믿었으니까요.

그렇게 4~5년의 시간이 흐르자 드디어 학교도, 저도 자리를 잡기 시작했습니다. 떠났던 이들은 돌아왔고, 편법을 썼던 인근 학교는 횡령혐의가 드러났으며, 마을 사람들과 공무원들은 저를 믿어주기 시작했습니다. 10년이 지나자 학생 수는 80명까지 늘어나 있었습니다.

그때는 마치 몸의 일부분이 깎여나가는 듯 고통스러웠습니다. 그러나 지나고 보면 그 자리가 아름답게 빛났습니다. 어디에서도 배울 수 없는 인생의 깊은 깨우침, 심장을 일깨우는 벅찬 감동을 맛보곤 했으니까요. 그 시간들은 제게 무엇과도 바꿀 수 없는 최고의 보물이 됐습니다.

보츠와나는 국토의 대부분이 척박한 칼라하리 사막이지만, 가장 아름다운 보석의 고향이기도 합니다. 보츠와나는 세계 3위의 다이아몬드 수출국이거든요. 그런데 원석이 진정한 값어치를 얻기 위해서는 여러 단계의 가공과정을 거쳐야 합니다. 그중에서도 '커팅 프로세스'가 가장 중요하답니다. 다이아몬드는 깎으면 깎을수록 더 많은 빛을 발하고 가치도 올라갑니다. 이처럼 다이아몬드도 어마어마한 커팅과정을 거쳐야 진가를 발휘하는데, 하물며 사람인들 어떠할까요.

한국에 있을 때 저는 길거리에서 구르는 허다한 돌멩이 중 하나였습니다. 그중에서도 아주 작고 못생긴 돌멩이였지요. 그런데 아프리카에 오고, 교장이 되면서 스스로를 커팅 프로세스에 던져버렸습니다.

원석의 입장에서 보면 커팅 프로세스란 몸이 깎여나가는 엄청난 고통이자 위기입니다. 당연히 받아들이기가 쉽지 않습니다. 저 역시 수없이 깨지고 실수하면서 상처를 많이 받았습니다. 그런데 그 과정을 겪으면서 서서히 알게 됐지요. 그때는 무척이나 아팠는데, 나중에 보니 깎여나간 그 자리가 눈부시게 빛나고 있다는 것을요.

사람에게 상처받으면서 사람을 이해하게 됐고, 생각지도 못했던 운명에 깨지면 운명을 받아들이게 됐습니다. 고통의 개수가 늘어날수록 반짝이는 빛의 개수도 늘었습니다. 그러니 돌이켜보면 상처가 상처로

해석될 리 없지요. 교장으로서 겪어야 했던 그 수많은 일들이 저를 다이아몬드로 만들어준 고마운 사건으로 기억될 뿐입니다.

우리는 모두 어떤 원석으로 태어납니다. 태어날 때부터 보석으로 빛을 발하는 이들은 없지요. 부모의 후광으로 잠시 빛날 수는 있지만, 후광이 사라지면 그 역시 돌멩이에 불과합니다.

실제로 제가 만난 많은 청춘들의 문제는, 자신이 이미 보석이라고 믿고 있다는 것입니다. 그러면서 왜 나의 가치를 알아봐주지 않느냐고 화를 냅니다. 다이아몬드로 거듭날 수 있는 기회가 다가오면 거부하거나 도망가면서요. 그러나 다이아몬드는 오직 다이아몬드로만 커팅할 수 있습니다.

지하 200km 이상의 뜨거운 맨틀에서 10억 년 이상의 긴 세월 동안 만들어지는 광물. 온도는 최소 1,500도 이상, 압력은 성인남자 4,000명의 무게로 밟는 것과 비슷한 과정을 견뎌낸 것이 바로 다이아몬드입니다. 그 이후의 가공과정 역시 상상 이상의 도전과 위기의 연속이지요. 결국 이 모든 과정을 거쳐낸 사람만이 다이아몬드가 될 수 있습니다. 이런 공정을 거치지 못하면 아무리 빛나도 그저 '이미테이션'일 뿐입니다.

커팅 프로세스를 통과해 다이아몬드가 된 사람은 스스로 빛을 발합니다. 어느 곳에 가도 '자체발광' 하니 세상이 저절로 알아보고 기회를 주지요. 무엇보다 보석 같은 자신이 얼마나 기특한지 모릅니다. 그래서 저는 지금도 새로운 도전이나 고난이 다가오면 심장부터 뜁니다. 이 사건을 통해 얼마나 더 단단하고 빛나는 보석이 될까…. 고독하고 거친 사막에서, 저는 제 안의 다이아몬드 광산을 만났습니다.

엄마,
당신이었군요

　오랫동안 엄마를 미워했습니다. '쓸데없이 태어난 계집애.' 저는 이 말이 그렇게도 듣기 싫었습니다. 몸 아픈 것도 고통스러운데, 나를 낳아준 엄마로부터 매일 존재를 부정당하는 것은, 그야말로 참혹한 일이었습니다.

　이렇게 무참히 때릴 거면서, 이렇게 욕하고 저주할 거면서 왜 나를 낳았는지 이해할 수 없었습니다. 왜 걸핏하면 하루 종일 벽을 보고 중얼거리는지, 왜 자식들을 가난 속에 방치하는지, 알고 싶지도 않았지요. 엄마가 풀린 눈으로 식칼을 들고 쫓아올 때, 이제 두 번 다시 볼 수 없을 거라고 생각했습니다. 하지만 시간이 지나면서 알게 됐지요. 엄마의 삶을 할퀸 그 아픈 세월을.

　시아버지는 툭 하면 며느리에게 폭력을 휘둘렀고, 첫째 딸은 태어난 지 3일 만에 술에 취한 남편이 집어던져 장애인이 됐습니다. 게다가 동네 싸움에 휘말려 머리까지 다치고, 아내를 돌봐야 할 남편은 서울로 떠나 새장가를 들었지요. 뒤늦게 가정을 되찾긴 했지만 계속된 불화로 남편은 스스로 저세상으로 가버렸습니다. 지긋지긋한 가난 속에 5남매를 남겨둔 채. 한 여자가 감당하기에는 너무나 무거운 짐이었지요.

가출을 하고 몇 년이 지나 편물기술을 배워 돈을 벌기 시작할 무렵, 저는 다시 집으로 돌아왔습니다. 다행히 엄마는 정신적으로 안정돼 있었고 예전처럼 저를 대하지 않았지요. 저도 나이가 들어 더 이상 엄마를 미워하지는 않았습니다. 체념이나 포기에 가까웠습니다. 엄마를 마음속으로, 진심으로 받아들이는 것은 너무나 힘겨운 일이었습니다. 목소리만 들어도 옛날의 상처가 떠올라 흠칫흠칫 놀랄 정도였으니까요.

그러던 어느 추석날, 모처럼 모녀가 하루 종일 함께 있게 됐습니다. 엄마는 음식을 한 가지씩 만들어 말없이 제 앞에 가져다주었지요. 하지만 저는 손 하나 대지 않고 음식접시를 밀쳤습니다. 그러기를 대여섯 번.

밀어놓은 접시를 보다가 갑자기 눈물이 터지기 시작했습니다. 나를 낳아준 친엄마가 맞구나, 나를 사랑하긴 했구나…. 그래서 내 앞에서 입도 못 여는 죄인이 되셨구나. 밤새 눈이 퉁퉁 붓도록 울고 말았습니다. 덕분에 아프리카로 떠날 때 한 가지 결심한 것이 있었습니다.

'보츠와나 사람들이 내 마음을 알아주지 않아도 원망하지 말자. 나 역시 엄마의 마음을 아는 데 25년이 걸렸으니….'

그러나 이때조차 저는 엄마를 절반도 알지 못했습니다.

그리고 몇 년 후, 보츠와나에서 교장으로 일할 때였습니다. 학교 뒷집에 30대 정도 되는 여자가 살고 있었습니다. 볼 때마다 그녀는 찢어진 옷을 입고 정처 없이 들판을 헤매고 있었지요. 한눈에 봐도 정신이 온전치 않아 보였습니다. 들어보니 아이도 둘이나 있다는데, 키울 형편이 안 돼 떨어져 지낸다고 했습니다.

그녀가 처음부터 그랬던 건 아니었습니다. 아이 아버지들이었을 남자들한테 몇 차례 버림받고, 그만 정신을 놓아버렸다고 합니다. 측은한 마음에 집으로 찾아가보니, 세간살이라고는 흙바닥 위에 깐 얇은 천 조각 하나가 전부였습니다. 잠자리도 이런데 굶주림이야 오죽했을까요. 사회복지사가 가끔씩 와서 음식을 챙겨주거나, 가난한 마을 사람들에게 조금씩 얻어먹으며 하루하루를 버텨나가고 있었습니다.

며칠 후, 저는 그녀를 따로 불러 만났습니다. 그 여인은 고개를 숙인 채 저와 눈도 마주치지 못했습니다. 마치 죄인처럼. 그 모습이 마음 아파 제가 갖고 있는 음식이며 생필품들을 광주리에 한가득 담아주어 보냈습니다.

타박타박 걸어가는 그녀의 뒷모습을 오래 지켜보았습니다.

갑자기 눈물이 왈칵, 쏟아졌습니다.

그녀는 10년 전의 우리 엄마였습니다.

보츠와나 여인의 어깨에 놓인 인생의 무게를 똑바로 보고서야, 비로소 엄마의 가엾은 운명이 제대로 보였습니다.

'얼마나 막막하고 힘겨웠을까. 얼마나 무섭고 외로웠을까. 하루하루 숨 쉬며 살아 있는 것조차 얼마나 지긋지긋했을까.'

저를 낳은 기쁨은 딸의 척추장애를 발견한 후 공포와 두려움이 되었다가, 부정하고 싶은 상처와 분노가 되었다가, 다시 죄책감이 되어서 평생 엄마를 짓누르는 바윗덩어리가 되었던 것입니다. 저 못지않게 엄마도 고통스러웠고, 아팠고, 저로 인해 힘겨운 삶을 살아왔던 것이지요.

10년이 더 지나서야 지구 반대편에서 이름 모를 여인이 가르쳐주었습니다. 가난과 무지에 찌든 초점 없는 눈동자가 말했습니다.

'당신 엄마의 삶도 나와 같았어. 살아 있는 것만으로도 지옥인 세월을 견뎠어. 하지만 아직 멀쩡히 살아 있잖아. 그리고 당신을 살게 했잖아.'

사라져가는 여인의 뒷모습을 지켜보며 마음속으로 오래 울었습니다.

그리고 10년이 더 흘렀습니다. 이제 엄마는 제 눈을 똑바로 보고 얘기합니다. 여느 엄마처럼 잔소리도 하고, 보통 엄마들처럼 밖에 나가면 그저 딸 자랑입니다. 2012년에, 감사하게도 제가 훈장을 받게 됐는데 그 자리에서 처음으로 엄마랑 사진을 찍었습니다. 태어나서 처음으로 엄마랑 단둘이 사진을 찍은 것입니다. 그날 이후로 엄마는 평생 간직했던 미안함을 처음으로 내려놓았습니다. 사진 속의 엄마는 어깨에 힘이 잔뜩 들어 있고 눈빛은 당당합니다. 마치 이렇게 말하는 것처럼.

'내가 바로 널 낳은 엄마야.'

그런 엄마를 보면서 제 안에서 오랫동안 울고 있던 아이가 떠나갔습니다. 왜 나를 낳았냐며 항상 울분에 차 있던 작은 아이가 사라졌습니다. 대신 '엄마, 나를 낳아줘서 고마워요!'라고 말하는 한 아이가 다가왔습니다. 지금의 저랑 꼭 닮은 모습으로. 50년 가까운 세월이 흘렀지만 이제라도 그 아이를 만나서 얼마나 다행인지요. 그리고 늦게라도 엄마가 자신의 무거운 짐을 내려놓아서 얼마나 고마운지 모릅니다.

이제는 엄마를 볼 때마다 마음으로 속삭입니다.

'엄마, 그 힘겨운 세월 속에서도 삶을 포기하지 않고 제 옆에 있어줘서, 저를 사람으로 이 세상에 보내줘서 정말 고마워요. 그것만으로도 이미 충분해요.'

땅의 갈증이
비를 부른다

보츠와나 화폐인 '뿔라pula'는 특별한 의미를 갖고 있습니다. 하늘에서 내리는 '비'라는 뜻이지요. 말하자면 보츠와나 사람들은 본의 아니게 이런 문학적인(?) 표현을 쓰게 됩니다.

"김해영 씨의 이번 달 월급은 소낙비 10개에 이슬비 5개입니다."

"수박 한 덩어리에 장대비 2개만 받아요!"

비가 오면 기분이 꿀꿀해지는 도시인들은 감이 안 올 겁니다. 왜 하필 비가 돈이람? 그러나 보츠와나에서 살게 되면 알게 되지요. 이곳 보츠와나에서 비는 곧 생명이라는 것을. 오죽하면 만세삼창도 "뿔라! 뿔라! 뿔라!"로 할까요.

전형적인 사바나 기후인 보츠와나에서는 비가 무척이나 귀합니다.

9~10월이 우기이긴 하지만 고작 2주 정도에 불과하지요. 그 비도 하루에 겨우 1시간 잠깐 쏟아붓고 맙니다. 사방이 온통 평지뿐이라서 구름이 부딪칠 산이 없거든요.

그런데 놀라운 것은 비가 오기 전과 후의 드라마틱한 변화입니다. 한국과 계절이 반대인 보츠와나의 8월은 가장 건조한 겨울입니다. 멀리서 보면 황금벌판이죠. 곡식이 무르익은 황금벌판이 아니라, 동물들이 풀까지 다 뜯어 먹어 흙바닥이 고스란히 드러나는 황토색 벌판입니다. 6월만 되어도 땅에 남아 있는 풀이 거의 없을 정도이지요. 동물 떼가 지나간 사막은 황량함 그 자체입니다. 그런데 9월이 되어 한바탕 비가 내려주면 2~3주 사이에 연두색 싹들이 파릇파릇 올라오고, 한 달이 지나면 완전한 초원이 됩니다.

예전에는 무심히 보아오던 풍경이었습니다. 한국에서처럼 그냥 계절이 바뀌고 날씨가 변하니까 비가 오나보다 했던 것이지요. 그런데 보츠와나에서 몇 년을 살고 보니 그게 아닐지도 모른다는 생각이 들었습니다. 메마름이 극한에 달한 사막은 여전히 고요합니다. 그러나 잘 들어보면 소리 없는 아우성이 들립니다. 차가웠던 땅에 점점 온기가 돌면서 땅속에 잠들었던 수많은 풀씨들이 깨어납니다. 그리고 온 힘을 다해 외치는 것이지요.

'우리는 살고 싶어! 어서 비를 뿌려줘!'

그렇게 풀씨의 소리가 마침내 하늘에 닿으면 사막 저만치에서 검은

구름이 시커멓게 몰려오는 겁니다. 어쩌면, 하늘의 비를 부르는 것은 땅의 갈증인지도 모릅니다.

그러나 비가 늘 충분히 오는 것은 아닙니다. 보츠와나에서는 사람과 동물이 딱 말라죽지 않을 정도로만 비가 옵니다. 제일 큰 문제는 식량난. 가뭄이 들면 풀이 제대로 자라지 못하기 때문에 동물들은 배고픔에 허덕입니다. 먹을 물도 마찬가지이죠. 사람은 지하수라도 파서 목을 축이지만 벌판에 사는 동물들은 타는 목마름에 시달립니다.

그래서 보츠와나 곳곳에는 물을 저장해주는 댐과 웅덩이들이 곳곳에 있는데, 굿 호프 마을에도 커다란 웅덩이가 있었습니다. 웬만해서는 마르지 않는 곳인데 어느 해인가 가뭄이 7년째 계속되면서 말라버렸습니다. 그러자 동물들의 어마어마한 대이동이 시작됐습니다. 한 보츠와나 사람이 제게 이런 얘기를 해주더군요.

"가뭄이 극에 달해 생명에 위협을 느끼면 동물들이 본능적으로 물 냄새를 맡아요. 바람에 실려 오는 물 냄새를 따라 물이 나올 때까지 갑니다. 3박 4일이 걸려서라도."

그때 알았습니다. 생명은 가장 척박할 때 가장 강인한 힘을 발휘한다는 것을. 동물들도 수백km 떨어진 곳에서부터 오는 물 냄새를 맡고, 땅속의 풀조차 하늘을 움직입니다. 하물며 인간은 어떠할까요. 대자연의 일부분인 인간 역시 애초에 그 어떠한 고난도 이겨내도록 설

계되었을 것입니다. 극한에 다다를수록 풀처럼, 소처럼 강해지는 본능을 마음 깊숙이 숨겨두었을지도 모릅니다.

　다만 우리가 뭇 생명과 다른 것은, 때때로 그 사실을 잊거나 믿지 못한다는 것이지요. 저 역시 오랜 도시생활 속에서 잊고 있었나 봅니다. 태초의 내가 가졌던 그 원초적이고도 자연스러운 강인함을. 아프리카에 오고 나서야 조금씩 선명하게 보이기 시작합니다. 우리는 우리의 기대 이상으로 '터프'한 존재들입니다.

더 이상
보탤 것이 없어서

새들이 지저귀는 소리 들리고

개들은 낮잠을 자고

바람은 뜨거움을 담아 불어옵니다.

구름은 여기저기 드리워서 초원에

그림자를 만들고 있습니다.

멀리 들판에는 소떼들이 한가로이

풀을 뜯고 있습니다.

나무 잎새들은 한낮의 햇살에 풀이 죽어

생기를 잃은 듯합니다.

개미들이 부지런히 오가고 있습니다.

의자에 앉아 세월이 가는 것을 바라봅니다.

세월이 지나가는 것을 음미합니다.

보아주지 않고 알아주지 않아도

오고 가는 시절을

오늘은 앉아서 손짓해봅니다.

풀잎을 쓰다듬어주고 가는

바람의 다정함을 봅니다.

아침부터 저녁까지

햇살을 비추고 가는

태양의 인자함을 봅니다.

눈에 보이는 만물들에게

한 가지도 보탤 것이 없어서

그저 바라봅니다.

이 세상에 보탤 것이 없어서

눈길만 보냅니다.

두 번째 이야기

사막이
내게 가르쳐준 것들

아무리 못나도 인간이라는 존재의 위대함을 빗겨갈 수는 없고, 아무리 잘나도 소멸하는 생명의 유한함을 벗어날 수는 없습니다. 그것을 이해하니 사람들을 보는 제 시선도 달라지더군요. 제 옆의 누군가가 더 이상 우열을 가르는 비교대상으로 보이지 않았습니다. 힘든 인생길을 함께 걸어가는, 그저 애틋한 동행일 뿐.

마음은 벌판을 닮아
끝없이 낮아지고

어느 겨울이었습니다. 도시에서 손님이 내려왔습니다. 보츠와나에서 가발공장을 하는 한국인 사장이었습니다. 이전부터 얼굴만 알고 지내던 사이였는데 한번 와봤답니다. 여기에 대체 뭐가 있기에 제가 10년 동안 떠나지 않았는지 궁금했다나요.

그러나 아무리 둘러봐도 사방은 한숨이 나올 정도로 황량한 벌판뿐입니다. 특히나 겨울이면 풀 한 포기 없는 사막, 그 자체이지요. 담배를 입에 물면서 그가 묻더군요.

"대체 여기서 뭘 보고 사셨어요?"

뭐라고 대답해야 할지 몰라 가만히 있었습니다. 그러자 그가 혼잣말로 중얼거립니다.

"그냥 뭐, 하나님을 보고 사셨겠지만⋯."

담배를 다 피우더니 그가 차에 오릅니다. 더 이상 볼 것도 없다는 표정으로 떠나면서 한마디 툭 던지더군요.

"여기서 10년을 살았으니 마음 하나는 넓어지셨겠네요."

그의 마지막 말이 왠지 잊혀지지 않았습니다.

'내 마음이 정말 벌판처럼 넓어졌을까?'

분명한 것은 10년 정도 살아보니 알겠습니다. 조금씩 '벌판의 마음'을 닮아간다는 사실을.

저녁 무렵 사택 앞에 앉아 있으면 많은 것이 보입니다. 퇴근하는 교사들, 식당 아주머니들. 그 사이에 소도 지나가고 당나귀도 지나가고, 새와 개미들도 지나갑니다. 어떤 날은 너무나 아름다운 석양도 지나가고, 먹구름 가득 낀 하늘도 지나갑니다. 어떤 날은 커다란 보름달이 벌판을 가득 빛나게 합니다. 그렇게 바람도, 세월도 지나갑니다. 이 모든 것들이 저 벌판 위에서 흘러갑니다.

어느 날 바쁘게 왔다 갔다 하다 보면 벌판이 예쁜 연두색입니다. 그러다 어느 날 문득 바라보면 진초록의 초원으로 바뀌었다 금세 황금빛으로 물들어 있습니다. 그렇게 몇 달을 보내고 나면 풀 하나 없이 앙상한 그루터기만 남은 사막이 되지요.

움직이지 않는 것은 황량한 사막뿐입니다. 그러면서 알게 됐습니다. 어쩌면, 내가 벌판을 보는 게 아니라 벌판이 나를 보고 있었구나. 수

천수만 년 동안 있었던 사막의 입장에서 보면 저는 그야말로 이방인에 불과합니다. 바람처럼 스쳐가는 존재일 뿐이지요. 그런데 겨우 십수 년 와서 사는 주제에 온갖 주인 행세는 다 합니다. 그 드넓은 사막을 조금이라도 바꿔보겠다고 꽃도 심고, 나무도 심고, 학교를 세워 울타리를 칩니다. 그러다 어느 날은 울타리를 넘어온다고 염소를 쫓습니다. 벌레가 많다고 잡아 죽입니다. 어떤 날은 왜 이렇게 주변에 볼게 없냐고 푸념하다가, 어느 날은 아이들에게 막 화를 내다가, 어떤 날은 외롭다고 나무 밑에서 훌쩍거리기도 하지요. 벌판이 가만히 저를 보고 있었다면 얼마나 웃었을까요? 저는 이 자연스러운 땅에 가장 '부자연스러운' 존재였던 것인지도 모릅니다.

사막에 온 지 7년 정도가 되어서야, 이 땅이 제대로 보이기 시작했습니다. 벌판에 수많은 생명이 살고 있음을 알게 됐고, 그 작고 소소한 것들의 아름다움이 눈에 들어왔습니다. 사막을 있는 그대로 사랑하자 사막의 시선으로 저 스스로와 세상을 다시 보게 됐습니다.

나 역시 바람처럼 구름처럼 지나가는 존재일 뿐. 괜한 욕심으로 벌판을 욕되게 하지 말자. 사람이건 동물이건 괴롭히지 말고 자연스럽게 흘러가는 대로 두자….

그렇게 벌판의 마음으로 세상을 보고, 벌판처럼 살아가는 세월이 쌓여갔습니다. 생각은 텅 빈 사막처럼 단순해지고 마음은 벌판을 닮아 끝없이 낮아지고 있습니다.

살아 있는 것만으로
충분하다

어두운 밤, 한 여자아이가 길을 걷고 있습니다. 또래보다 키도 훨씬 작고, 몸이 한쪽으로 기울어져 있습니다. 걸을 때마다 고통스러운 표정을 짓더니 금방이라도 울 듯한 얼굴입니다. 아이는 방금 공장에서 꼬박 14시간 동안 일을 하고 나오는 길입니다.

저만치 앞에서는 함께 일하는 친구들의 모습이 보입니다. '빨리 좀 오라'며 짜증스럽게 아이에게 손짓하더니 저희들끼리 종종걸음으로 가 버립니다. 아이는 사라지는 친구들의 모습을 보며 입술을 깨뭅니다. 옆구리를 칼로 찌르는 듯한 허리통증만큼이나 외로움이 뼛속 깊이 사무칩니다.

'죽을 때까지 이 고통을 면할 수 없구나. 나를 이해해주는 이도 하나 없다. 그렇다면 나는 도대체 왜 살아야 할까. 이놈의 세상, 확 죽어

버릴까.'

절망이 차오릅니다. 절뚝거리는 다리를 지나, 비틀어진 허리를 지나, 기울어진 어깨를 지나 134cm를 차오르는 건 금방입니다. 참았던 눈물이 터집니다. 아이는 주저앉아 한참을 웁니다. 그러다 고개를 들어 밤하늘을 봅니다. 하늘에 있는 신이라도 찾겠다는 듯이.

그러나 아이가 발견한 것은 수많은 별들입니다. 밤하늘의 별은 그녀의 절망만큼이나 아름다웠습니다. 별을 보며 아이는 생각합니다.

'내가 죽으면 저 예쁜 별들을 볼 수 없구나. 저렇게 눈물 나게 예쁜 별들은 내가 죽어도 빛날 텐데. 그럼 별을 못 보는 나만 손해 아닌가? 세상이 이렇게 아름답다면 죽을 만큼 열심히 살아보자. 그럼 나도 저 별처럼 아름다운 인간이 될 수 있겠지.'

끝없는 고통과 외로움 속에서 아이는 자신만의 별을 찾아냈습니다. 그리고 절망 대신 자신의 마음을 그 별빛으로 다시 채웠습니다.

'죽을 때까지 몸 아픈 것을 면할 수 없다면, 그러면 적어도 내 마음을 아프게 하는 일은 하지 말자. 장애를 불평하는 일, 나를 부끄럽게 생각하는 일, 누군가를 미워하거나 질투하는 일 같은 건 하지 말자. 좋은 일이 생겨야 행복한 것이 아니다. 내가 내 마음을 괴롭게 하지 않는다면, 그것만으로 행복이다.'

아이는 자신을 살리는 길을 찾아나갔습니다. 그리고 10년 뒤, 이곳 보츠와나로 왔습니다.

아프리카에서도 저는 20년 전 그 아이처럼, 밤하늘을 올려다보곤 합니다. 이곳의 하늘은 별이 뜨기 전부터 장관입니다. 가끔은 지평선 서쪽으로 붉은 해가 걸리고 동쪽으로 노란 달이 동시에 걸리기도 합니다. 서울에서 살 때는 시간이 어떻게 흘러가는지 몰랐는데, 이곳에서는 시간의 흐름이 선명하게 보입니다. 시계는 결코 알려주지 않는 시간의 흐름을요.

처음에는 자연이 눈에 들어오지 않았습니다. 몸은 이곳에 있지만 마음은 미처 따라오지 못했습니다. 무엇보다 힘들었던 것은 내 '존재'를 확인하는 일이었습니다. 이 광활한 사막은 나무 한 그루를 심어도 표가 안 납니다. 아이들 몇 명 가르치는 것 역시 티도 안 나는 일입니다.

이 황량한 벌판에서 누군가에게 인정받는 것, 누군가가 나를 알아주기를 바란다는 것 자체가 난센스지요. 벌써 몇 년이 지났는데도, 그런 생각이 들 때마다 내가 여기서 뭘 하나 싶습니다. 돌아가서 남들처럼 결혼도 하고, 돈도 벌어야 할 것 같습니다.

그러던 어느 날, 저는 벌판에 무심히 앉아 있었습니다. 달이 뜨고 별이 뜨고 바람이 지나갑니다. 쏟아질 것 같은 아름다운 별들, 손에 잡힐 듯한 달. 눈앞에 거대한 우주가 펼쳐져 있습니다. 보고만 있어도 저절로 행복해집니다. 자연이 주는 감동 앞에서 가슴이 벅차오릅니다.

그런데 한편으로는 슬픔이 밀려왔습니다. 저 영원한 우주 앞에서, 수만 년을 살아온 대자연 속에서 바람처럼 풀처럼 스러지고 있는 제 존재도 보입니다.

'언젠가 나도 사라져버릴 텐데 왜 이토록 힘겹게 사는 것일까.'

그리고 다시 밤하늘을 올려다보았습니다. 이 거대한 칼라하리 사막에는 지금 저 하나밖에 없습니다. 절대고독. 오직 이 작은 몸뚱어리 하나로 우주와 마주하고 있습니다. 시간이 얼마나 지났을까요. 마치 20년 전, 그 아이처럼 마음속에 무엇인가 차오릅니다.

'저 별이 아무리 아름다워도 알아주는 내가 없으면 무슨 소용인가?'

칼라하리 사막이 아무리 커도, 그것을 아는 내가 없으면 아무 의미가 없습니다. 별이 아무리 많아도 알아보지 않는 내가 없으면 아무 상관 없지요. 내가 살아 있기 때문에, 존재하기 때문에 저 별이 빛나는 것입니다. 내가 숨 쉬기에 달을 보고 사막을 달리고 바람을 느낄 수 있습니다. 내가 죽으면 이 거대한 사막도, 지구도, 우주도 아무 소용 없습니다. 저의 존재란 이토록 무겁고 위대했습니다. 다만 살아 있는 것만으로도.

그 순간, 저는 제 존재를 확정했습니다.

'아무것도 안 해도 괜찮아. 누군가에게 인정받지 않아도 돼. 성과를 통해 내 존재를 증명하지 않아도 돼. 나는 다만 살아 있는 것만으로도 충분히 가치 있는 인간이야.'

이렇게 자신의 존재를 확정하자 무엇을 하겠다는 욕심이 사라졌습니다. 성공에 집착하지도, 저의 쓸모를 증명하려고 아등바등하지도 않게 됐습니다. 열등감은 완전히 없어졌고 주저 없는 당당함을 갖게 됐습니다. 돈 한 푼 없이 거지꼴로 뉴욕에 처음 갔을 때도, 쇼윈도에 비친 자신을 보며 저는 이렇게 말했습니다.

'나 보츠와나에서 온 김해영이야. 맞짱 뜰 사람 있으면 다 나와보라고 해!'

누군가가 알아준다는 것, 명예를 얻는다는 것, 부유해진다는 것 등은 인생에 매달린 액세서리일 뿐입니다. 살아 있기 때문에 스펙과 연봉과 학벌이 필요할 뿐이지, 그것이 제 존재 자체를 규정할 수는 없습니다.

그러나 제 경험에 비추어보면 이러한 앎은 일상생활 속에서는 쉽게 발견할 수 없습니다. 절대적인 고독, 사막처럼 텅 빈 곳에서, 그리고 사무치는 외로움 속에서만 비로소 내 존재와 대면할 수 있습니다. 그래서 우리의 인생에는 고독이 필요한 것인지도 모릅니다. 인생에서 한 번쯤은 여러분의 사막에서 고독한 '그 밤'을 만나게 되기를, 온 마음으로 기도합니다.

달이
차오르면

인위의 불빛 없는 이 들판에는 달빛이 제 빛을 낼 수 있습니다.

거칠 것 없이 쏟아져 내리는 달빛은 조금만 있어도 됩니다.

문득 이런 밤중에는 일어나 전깃불을 켜는 것조차 미안한 마음이 듭
니다.

누가 옆에 있는 것도 아닌데 그런 마음이 들지요.

자고 있는 벌판을 깨우는 기분이 들어서 그런가 봅니다.

모두가 잠들어 있는 밤에 혼자 깨어 왔다 갔다 하고

소리를 내고 문을 여닫고 주변을 부시게 합니다.

그게 미안해 제 집에 있으면서도 살짝 움직이고 빨리 불을 끕니다.

이곳에서 나고 자라는 사람들은 자다가 깨어도

주변을 부시게 하거나 성가시게 하지 않습니다.

유독 문명사회의 이기를 가지고 온 저만 카세트를 켜서 음악을 듣습니다.

그러다가 또 미안한 마음이 들어 이내 꺼버리고 맙니다.

여럿이 들을 때는 참으로 좋았는데 그런 마음도 사라집니다.

이 조용한 벌판에는 소음만 될 뿐이니까요.

혼자 있는데도 벌판과 벌레와 풀, 나무들이 신경 쓰이고

그들의 눈치를 보고 있습니다.

내가 너무 소심해진 것일까.

아니면 황량하다고 생각한 이 벌판에

너무 많은 것이 있다는 걸 알아서일까….

곰곰이 생각해보니 후자인 것 같습니다.

이 벌판이 살아서 만물이 그 위에서 생성하고 소멸해가도록 합니다.

그러니 마음을 조심스레 가지지 않을 수 없지요.

누군가에게 미안하다는 것은 그를 사랑한다는 것입니다.

마음으로 이미 하나가 되었다는 뜻입니다.

이곳에 온 지 7년이 지난 후에야, 비로소 저는 벌판에게 미안해졌습니다.

이 아름다운 사막을 사랑하게 되었기 때문입니다.

누구에게나 최선을 다하는
DNA가 있다

방학이 되면 학교는 적막에 휩싸입니다. 언제였을까요. 학생들도 다 집으로 돌아가고 저 혼자 학교에 남았던 적이 있었습니다. 황량한 벌판과 하루 종일 마주보고 있으면 심심함이 스멀스멀 올라옵니다. 무료함이라는 게 생각보다 엄청나게 집요한 녀석이거든요. '심심해 죽는다'는 말이 결코 과장이 아닙니다.

그러면 운동장에 나가 부시나무 아래 나무 등걸에 앉아봅니다. 눈 앞 저기쯤에 큰 도로가 한눈에 들어오는 곳이죠. 그곳에서 하루 종일 지나가는 차들을 바라봅니다. 혹시라도 누군가가 저를 만나러 와주지 않을까. 사람이 그리워 온종일 기다려보는 것이지요.

그렇게 심심함에 지쳐가던 어느 날, 멍하니 허공을 바라보았습니다. 지겹도록 보던 하늘이었는데 그날은 뭔가 눈에 들어오더군요. 새들이었습니다. 크고 작은 새들이 쉴 새 없이 하늘을 날고 있더군요.

'쟤들은 어디서 날아와서 어디로 가는 걸까.'

처음이었습니다. 보츠와나에 온 지 몇 년이 되었지만 '새'라는 존재가 제 눈에 들어온 것은. 그리고 그 '존재'에 관심을 갖게 된 것도요. 새들의 동선을 따라가다 보니 자연스레 새집이 보이더군요. 녀석들의 집을 관찰하면서 재미있는 사실도 알게 됐습니다. 새집이 특정한 나무에만 몰려 있더군요. 나무마다 서너 개씩 골고루 있으면 널찍하고 좋을 텐데, 유독 한 나무에만 다닥다닥 붙어 있습니다. 얘들에게도 '명당'이라는 게 있는 모양입니다.

그런데 멀리서 봐도 새집이 허술하지 않습니다. 모양이 아주 야무집니다. 도대체 새들이 집 하나를 짓기 위해 얼마나 많은 애를 썼을지 궁금해지기 시작했습니다. 마침 낡은 새집 하나가 나무 주변에 떨어져 있더군요. 얼마나 심심했던지(!) 그날따라 저는 생전 안 하던 짓을 해봤습니다. 그 새집을 하나하나 분해하기 시작했던 거죠. 도대체 저 조그만 새들이 몇 개의 풀을 실어 날랐는지 직접 확인해보고 싶었거든요.

하나, 둘, 셋…. 100개, 200개, 300개…, 1,000개 그리고 2,000개.

2,000개를 뽑아내고 나서야 새집의 절반 정도가 남았습니다. 그렇다면 어림잡아 풀 4,000개에서 5,000개 정도가 재료로 쓰였다는 얘기죠. 이 집을 짓기 위해 저 작은 새가 왕복 4,000번 이상의 고단한 노

동을 했다는 증거입니다. 게다가 대충대충 얼기설기 지은 집이 아니더군요. 풀들이 격자 모양으로 정교하게 맞물려져 있어 웬만한 바람이나 비에도 끄떡없을 정도였습니다. 더군다나 새집 안은 가늘고 부드러운 풀로, 바깥쪽으로 갈수록 두껍고 거친 풀로 마감이 돼 있었습니다. 집의 각 부분마다 필요한 풀의 종류와 길이를 세밀하게 계산했다는 얘기지요.

덕분에 새집을 절반 정도 분해하는 데만 적지 않은 시간이 들었습니다. 한 번에 단 하나의 풀만 뽑아낼 수 있을 정도로 야무지게 지었기 때문이죠. 그걸 보면서 저는 새에 대한 경외감을 가졌습니다. 누가 감히 머리 나쁜 사람을 새에 비유할 수 있을까. 저 작은 새들도 이토록 영특하거늘….

그때야 비로소 알게 됐습니다. 내가 단지 알지 못했을 뿐, 뭇 생명들은 모두 제 나름대로 최선을 다해 살고 있다는 것을요. 미생물도, 동식물도 그리고 인간도. 어쩌면 우리 몸속에도 최선을 다할 수 있는 DNA가 있는지 모릅니다.

그다음부터 제게 이 땅과 하늘은 텅 빈 곳이 아니었습니다. 황무지가 아니었고 허공이 아니었습니다. 생명으로 꽉 찬 삶의 터전이자 경이로운 우주, 그 자체였습니다. 아마 저도 몰랐을 겁니다. 이 끝없이 외롭고 무료한 칼라하리 사막이 아니었다면. 왜 치열한 생명의 숨소리는 마음이 심심할수록 더 잘 들리는 걸까요.

당신의 소 값은
얼마인가요?

보츠와나에서 이 나라말로 처음 배운 노래는 '결혼식 축가'였습니다. 도착한 지 한 달여 만에 어느 한국인 커플이 결혼식을 올렸는데, 거기에서 처음 들은 노래라 그런지 잊혀지지 않네요.

센카뗄레 모사디
끼모레 낄레 까 디 코무
끼모레 낄레 까 디 코무
와레에까 와이테켈라
끼모레 낄레 까 디 코무

마을 사람들은 신랑신부를 가운데 두고 둥글게 서서 손발의 스텝을 맞추며 이 노래를 부릅니다. 축제가 끝날 때까지 합창은 끝없이 되풀이되지요. 그런데 나중에 알고 보니 노래가사의 내용이 조금 파격적(?)이었습니다.

이 여자는 내 여자다.
내가 소를 주고 샀다.
내가 소를 주고 샀다.
그러니 내 여자에게 관심 갖지 마라.
내가 소를 주고 샀다.

소를 주고 여자를 산다니!? 이게 무슨 원시적인 얘긴가요? 그런데 살면서 보니까 정말 가사 내용이 딱 맞습니다. 결혼을 앞둔 여자들에게는 모두 암묵적인 '소 값'이 형성됩니다. 보츠와나에서는 예비신랑이 신부 아버지에게 혼수로 소를 주는 풍습이 있거든요. 그런데 소 값이 딱 정해진 게 아니라 사람에 따라 천차만별입니다. 최고가는 소 8마리인데 대학도 나오고 집안도 받쳐주고, 어린데다 얼굴까지 예쁘면 그 정도는 줘야 합니다. 당시에 소 1마리가 200~300달러였으니까 보츠와나 사람들의 3~4개월 치 월급에 해당하는 액수입니다. 소 2마리면 반년 치 월급이고 4마리면 1년 치 연봉이죠. 그러니 소 8마리면 2~3년 동안 월급을 한 푼도 쓰지 않고 모아야 하는 어마어마한 액수입니다.

물론 이런 톱클래스는 극소수이고 초·중학교를 졸업한 보통의 여자들은 미모와 나이에 따라 소 2마리에서 4마리 사이를 왔다 갔다 합니다. 이것도 거래는 거래인지라 예비 신랑이 장인과 '협상'에 들어가기도 하지요.

"따님을 소 4마리에 제게 주십시오!"
"이 사람이! 6마리 이하로는 어림도 없네."
"제가 소 4마리밖에 없습니다…, 어르신!"
"음…, 사람은 괜찮아 보이니, 그러기로 함세."

이렇게 4마리에 합의를 봤다면 신랑은 결혼식 전날 소 4마리, 혹은 그에 해당하는 돈을 들고 그 마을 추장에게 갑니다. 추장 앞에서 소를 신부 아버지에게 넘겨주고 추장이 이를 확인하는 사인을 해줘야만 결혼식을 시작할 수 있습니다.

결혼식 하객들의 최대 관심사도 역시 여자의 '소 값'이죠. 저 정도 신부면 도대체 몇 마리를 받았을까를 두고 온갖 추측이 난무합니다. 결혼식 규모를 봐도 소 값을 어림짐작할 수는 있습니다. 2마리면 아무래도 검소하고, 8마리면 결혼식 자체부터 럭셔리(?)하달까요.

그런데 소 값 이외의 예식 비용도 꽤나 들기 때문에 결혼식이 끝나면 정작 신혼여행 갈 돈도 없는 경우가 많습니다. 장인의 무리한 요구에 빚을 내서라도 소 값을 맞췄다가 4~5년간 갚느라 허덕이는 경우도 적지 않고요. 그러다 보니 비싼 결혼식 비용을 감당하지 못해 결혼식을 올리지 않고 그냥 사는 부부들도 허다합니다.

한국 남자들도 그렇지만 보츠와나 남자들에게도 결혼이라는 게 만만치 않습니다. 어렸을 때부터 부모가 물려준 양이나 염소 한두 마리를 자기 힘으로 불려야 합니다. 아무리 열심히 가축을 키운다고 해도, 밑천이 워낙 적다 보니 30대 중반은 돼야 소 값이 넉넉해지는 게 보통이죠. 그래서 그 정도 나이가 되면 10대 후반의 나이 어린 미소녀들을 신부로 데려옵니다. 이것도 사실 우리에게는 익숙한 풍경이죠. 한국에서도 학벌이나 직업이 받쳐주는 남자들은 하나같이 어린 신부를 찾으니까요.

따지고 보면 보츠와나나 한국이나 별로 다를 것도 없지요. 하지만 아프리카에 온 지 얼마 되지 않았을 때는 많이 다른 줄 알았습니다. 타인에 의해 결혼시장에서 '소 값'이 매겨진다는 것이. 서로를 가리키면서 "넌 소 몇 마리야?"라고 키득거리는 여자아이들을 보는 것도 처음이었으니까요.

그러다 시간이 흐르면서 알게 됐지요. 결국 인간의 생활이라는 게 본질은 다 같구나. 보츠와나에서 대놓고 말하는 소 값이나 한국의 결혼정보회사에서 말하는 등급이 다를 게 뭔가. 문명이 고도화되면서 조금 더 세련되게, 더 그럴듯하게 포장했을 뿐.

잠깐이지만 그들의 결혼문화가 시대에 뒤떨어졌다고 생각했던 스스로가 부끄러웠습니다. 우리는 가끔 겉모습만 보고 타인의 문화를 함부로 재단하는 경향이 있습니다. 특히 경제적으로 차이가 날 때는 그 판단이 좀 더 빨라집니다. 그러나 제가 아프리카의 많은 나라와 미국을 비롯한 여러 선진국, 그리고 한국을 오가며 느낀 것은 단순한 진리였습니다.

'사람 사는 모습은 어디든 비슷해.'

왜냐하면 사람이 가진 본성적인 감정이나 욕망의 가짓수가 무한하지 않거든요. 최첨단 도시 맨해튼의 잘나가는 전문직이든 1,000년 전의 모습대로 사는 원시부족이든, 다 고만고만합니다. 다만 조금 더 노골적인가 아닌가. 결국은 표현방식의 차이가 아닐까요? 나중에는 자신의 소 값을 주변 친구들에게 설문 조사하는 아이들이 그저 귀여워 보이기만 했습니다.

보츠와나에 있는 동안 제게도 많은 사람들이 물었습니다.

"캐서린은 결혼 안 해? 보츠와나 남자가 싫은 거야?"

그때마다 저는 이렇게 말했죠.

"아니. 소 20마리 줄 남자를 아직 못 만났을 뿐이야."

뉴욕에서도 통하는
보츠와나 스타일

우리는 흔히 지식이 많은 사람이 지혜로울 것이라고 생각합니다. 아무래도 많이 배운 사람이 더 합리적일 수는 있겠지요. 그러나 이 명제가 늘 옳은 것은 아닙니다. '지혜'라는 말은 머리와 가슴을 동시에 움직일 수 있는 힘입니다. 그 정도의 강한 힘은 아무 데서나 끌어올릴 수 있는 게 아니지요. 인간에 대한 깊은 이해와 애정 속에서만 나올 수 있습니다.

제가 보츠와나에서 배운 가장 소중한 것 중 하나가 바로 그 '지혜'였습니다. 아프리카인들의 지혜. 그들 대부분은 많이 배우지 못했고 상대적으로 가난합니다. 그러나 공동체를 유지하고 함께 살아가는 것만큼은 놀라울 정도로 합리적인 시스템을 갖고 있습니다. 대표적인 것이 바로 '추장회의'이지요.

보츠와나의 정치제도는 조금 특이합니다. 대통령과 국회, 그리고 '추장'이라는 막강한 자리가 있습니다. 각 지역마다 추장이 있고 이를 총괄하는 8개 부족의 대표 추장들이 있는데, 이들의 지위는 장관급과 맞먹습니다. 아니, 그 지역에서는 장관보다 더 힘이 셉니다. 그 지역의 사법권까지 갖고 있어 죄를 심판하고 죄인을 감옥에 보낼 수도 있거든요. 뿐만 아니라 정부 차원에서 뭔가를 시행하려고 해도 그 지역을 관할하는 추장의 허락이 없으면 안 됩니다.

예를 들어, 어떤 마을에 학교를 하나 짓겠다고 할 때도 정부의 허락만으로는 부족합니다. 일단 그 지역의 추장과 대추장, 교육부 장관이 그 마을로 함께 가서 회의를 엽니다. 이것이 바로 추장회의지요. 마을 사람들이 다 모여서 만장일치가 될 때까지 토론을 합니다. 한 번에 결론이 나지 않으면 몇 번이고 추장회의가 열립니다. 이런 식으로 중앙 정부에서 통과된 법안을 하나 실행하려면, 장관이 각 지역을 다 돌면서 국민들의 동의를 받아냅니다. 당연히 시간은 오래 걸리지요. 그리고 아무리 정부에서 추진하려고 해도 지역주민들이 반대하면 시행이 안 됩니다.

이 정도로 보츠와나에서 추장회의의 파워는 막강합니다. 때문에 한 번 추장회의가 열리면 그 지역의 기관장들은 다 참석합니다. 저도 추장회의의 어마어마한 중요성을 알고부터는 꼬박꼬박 참석했습니다.

한번은 교육부 장관이 추장회의에 왔을 때 그에게 학교를 한번 방문해달라고 요청했던 적이 있었습니다. 그런데 놀랍게도 정말 회의가 끝나자마자 장관이 학교에 오더군요. 그때 또 한 번 실감했지요. 추장회의에서 얘기하면 다 되는구나!

이슈가 대단치 않을 때는 보통 100~200명 정도가 참석하고, 민감한 재판이나 마을 전체와 관련된 이슈일 때는 수천 명까지 모입니다. 회의는 츠와나어로 진행되는데 나중에 회의결과가 영어로도 번역되어 지역 구석구석까지 소식이 전해집니다. 보츠와나식 풀뿌리 민주주의인 셈이지요.

무엇보다 인상 깊었던 것은 경청하는 지도자들의 모습이었습니다. 그 지역의 최고 어른인 추장은 물론이고, 회의에 참석한 대통령과 장관들이 마지막 한 사람의 목소리까지 끝까지 다 들어줍니다. 무지한 시골 사람들의 이야기라며 무시하는 경우가 결코 없더군요.

그토록 많은 사람들이 모였지만 대중의 결론 역시 하나같이 지혜로웠습니다. 각자의 생각과 가치관이 부딪칠 수는 있지만 끝까지 자신만의 생각을 고집하지는 않습니다. 아니다 싶은 얘기는 알아서 걸러집니다. 그곳에는 존경받는 어른들이 있기 때문이죠. 만장일치가 될 때까지, 시간은 조금 더 오래 걸리지만 결국은 다 조율이 되더군요.

그 모습을 보면서 보츠와나 사람들이 참으로 지혜롭다는 것을 알게 됐습니다. 배우지 못한 이들에게 뭔가를 가르치러 왔다고 생각했는데 제 생각 자체가 오만이었던 것이죠. 뭔가 내가 알긴 아는 것 같았는데, 어느 순간 그들보다 모른다는 것을 알게 됐습니다. 그다음부터 일하는 방식이 많이 바뀌었지요. 완전히 '보츠와나 스타일'로. 이전에는 혼자 결정하고 혼자 책임지는 스타일이었다면 이제는 먼저 물어봅니다.

"네 생각은 어떤데?"

교사들이건 학생들이건 문제가 생겨서 찾아오면 예전처럼 그 자리에서 답을 주지 않습니다. 그들에게 저 못지않은 문제해결 능력이 있다는 것을 믿으니까요. 제 답보다 더 좋은 답이 나올 테니까요. 거꾸로 공을 던지면 그들이 자신의 생각을 말하기 시작합니다. 그러면 서로 납득할 때까지 이야기합니다. 그리고 그들 스스로 결론을 내리지요. 그러니 결과에 불만을 갖지도 않습니다. 재미있는 것은, 그들이 내린 결정이나 제 생각이나 큰 차이가 없다는 것입니다. 다만 시간이 좀 더 걸릴 뿐이지요.

이것은 항상 부족한 재정으로 학교를 운영해야 하는 제게 참으로 유용한 노하우였습니다. 예를 들면, 지금 제가 가진 것이 사과밖에 없습니다. 하지만 아이들이 먹고 싶은 과일은 참으로 다양하지요. 그럴 때면 일단 물어봅니다.

"너희들은 뭐가 먹고 싶니? 단, 한 가지 과일만 줄 수 있단다."

그럼 아이들은 저마다 신 나게 얘기하지요. 수박, 복숭아, 딸기 등 등…. 그러다 사과도 나옵니다. 자기들끼리 안 되는 과일들은 알아서 골라냅니다. 그러면 사과를 포함한 몇 가지로 좁혀집니다. 그렇게 다 듣고 난 다음에 제가 다시 묻죠.

"그렇구나. 그런데 지금 나한테는 사과밖에 없는데 어떻게 하면 좋을까?"

그러면 아이들 스스로 '사과라도 먹겠다'고 말합니다. 만약 처음부터 '사과밖에 없으니 무조건 이걸 먹어!' 하고 명령했다면 어땠을까요? 결론은 같지만 받아들이는 사람의 마음은 달랐을 것입니다. 핵심은 사과냐 수박이냐가 아니니까요. 나는 하고 싶은 말을 했고, 상대방이 그 말을 끝까지 들어주었다는 것. 사람들에게는 그 사실이 훨씬 더 중요합니다. 사람에게 가장 중요한 것은 '내 존재를 알아봐주는 것'이니까요.

그런데 재미있는 것은 이런 '보츠와나 스타일'이 세계 어디에 가든 통한다는 사실입니다. 미국에 있을 때도 저는 누가 공을 던지면 상대방에게 다시 던졌습니다. 제 것, 제 방식을 강요하지 않고, '당신의 의견이 중요하다'는 것을 상대방에게 알려주면서 먼저 들었습니다. 제 이야기는 20% 정도만 하고, 나머지는 그 사람의 이야기를 경청하는 데 집중했지요. 그랬더니 일이 술술 풀리는 것은 물론이고, 어느새 제가 그분들에게 '잊혀지지 않는 존재'가 돼 있었습니다. 단지 열심히 들었을 뿐인데요. 지혜로운 보츠와나 사람들은 알고 있었던 것입니다. 조금 느릴지언정 진심으로 들어주는 것이 서로의 마음으로 들어가는 가장 빠른 길임을.

누구도 인간이라는 존재의
위대함을 빗겨갈 수 없다

"오늘 일어날 수 없는 일은 없다"(There's nothing that cannot happen today.) 이 말은 마크 트웨인이 한 말입니다. 이곳 아프리카에서는 정말 와 닿는 이야기지요. 특히나 죽음과 관련해서는. 어제까지 멀쩡하던 아이가 다음 날 안 보이면 죽었다는 연락이 옵니다. 며칠 전에 반갑게 인사했던 졸업생에게서 세상을 떠났다는 부고가 날아오기도 합니다. 에이즈가 워낙 만연해 있고 의료서비스가 취약하다 보니, 별것 아닌 병으로도 허무하게 세상을 떠납니다.

갑작스럽게 도로에 뛰어드는 동물들 때문에 일어나는 교통사고도 빈번합니다. 저 역시 운이 좋아 살았지만, 교통사고로 몇 차례 죽을 고비를 넘기기도 했습니다. 그래서 잠시라도 집을 비울 때는 방 안을 깨끗이 정리하고 한 바퀴 둘러보곤 합니다.

'내가 살아서 다시 돌아올 수 있을까?'

오늘 일어날 수 없는 일은 없고, 그중에는 저의 죽음도 포함되어 있을지 모르니까요. 장례식이 일상일 정도로 이곳에서는 죽음이 삶만큼이나 흔합니다. 한국에서 죽음은 사고이자 최악의 불행이지만 보츠와나에서는 상대적으로 담담합니다. 통곡하거나 울부짖는 모습은 거의 찾아보기 힘듭니다. 죽음 역시 삶의 일부분으로 자연스럽게 받아들이기 때문이지요.

그러나 저는 처음에 그러질 못했습니다. 차가운 주검이 되어 관 속에 들어간 제자를 보면서 정말 많이 울었습니다. 저와 이별했던 첫 번째 학생이 하필 가장 사랑했던 마하디였으니까요.

"네 이름이 뭐니?"

"마하디Magadi."

"어느 마을에서 왔어?"

"쪼하리Jjogari."

처음에는 이 소녀가 저를 놀리는 줄 알았습니다.

'내가 아무리 영어를 몰라도 G와 H도 구분하지 못할까 봐…?'

몇 번이고 확인했지만 자기 이름은 '마하디'랍니다.

'이상하다. 철자대로라면 이름은 마가디고 동네는 쪼가리인데.'

나중에야 츠와나어는 G를 H로 발음한다는 사실을 알았지요. 그때만 해도 참 무식한 선생이었습니다.

그렇게 신입생 인터뷰를 마치고 마하디는 저의 편물과 제자가 됐습니다. 열일곱 살의 아이는 무척이나 해맑고 예뻤습니다. 워낙 밝은 친구라서 제가 무슨 말을 해도 환하게 웃어주곤 했지요. 가르쳐주는 것도 곧잘 따라했습니다.

그런데 2학기가 되면서부터 마하디가 점점 이상해지기 시작했습니다. 예전에는 학교 건축 현장에서 곧잘 일도 하더니 지금은 꾀를 부립니다. 일을 시켜도 못 들은 척하고 대놓고 빈둥거립니다. 그 모습이 얄미워서 일을 더 시키곤 했습니다.

게다가 수업시간에 딴짓도 많이 하고, 영 말귀를 못 알아듣습니다. 편물기계를 왼쪽으로 2번 가라고 하면 오른쪽으로 2번 가고, 1개를 돌려놓으라면 2개를 돌려놓는 식이었습니다.

'다른 아이들은 다 알아듣는데 얘만 도대체 왜 이럴까? 도대체 왜 수업에 집중하지 않을까?'

나중에는 화가 치밀어오를 정도였습니다. 게다가 1학년과 2학년을 한 반에 놓고 정신없이 수업을 하던 때라서, 제가 마하디에게만 매달려 있을 수도 없는 상황이었죠.

그날도 마하디는 몇 시간째 헤매고 있었습니다. 누가 봐도 너무나 간단한 작업인데 돌아서면 다시 제자리입니다. 어떻게 이렇게 못 알아들을 수가 있나. 화는 솟구치고 제 목소리도 점점 올라갔습니다. '마하디, 정신 못 차려?' 하고 따끔하게 혼내주려고 했는데, 아이의 얼굴을 보니 말문이 턱 막힙니다. 표정이 거의 울기 직전이었거든요.

저는 아무 말 없이 교실을 나왔습니다. 그리고 벌판을 보면서 펑펑 울었습니다.

'내가 지금 여기서 뭘 하고 있는 거지?'

너무 약 오르고 화가 나는데 하소연할 데도 없으니 그저 눈물만 하염없이 나오더군요. 한참을 울고 나니 그제야 마음이 풀립니다. 어쨌거나 분명한 것은, 마하디가 일부러 그러는 것은 아니라는 사실입니다. 몰라서 못 따라오는 아이에게 더 이상 화를 내는 것도 못할 짓이라는 생각이 들었습니다. 그래서 마음을 돌렸습니다.

'이 기술 하나를 빨리 못 가르친다고 무슨 큰일이 나는 것도 아닌데…. 이게 뭐라고 애한테 화를 내나. 할 수 없다. 천천히 가자.'

저는 눈물을 닦고 다시 교실로 들어왔습니다. 그리고 다시 하나씩 천천히 가르치기 시작했습니다. 마하디도 눈치는 있는 아이라서 차근차근 한 발짝씩 따라오더군요. 그렇게 서두르지 않고 아이의 형편에 맞춰서 진도를 나가니 드디어 핑크색 스웨터 한 벌이 완성됐습니다. 완성된 옷을 보며 마하디와 제가 얼마나 기뻐했는지 모릅니다. 여름 내내 저는 그 옷만 입고 다녔습니다.

며칠 후, 새벽이었습니다. 한참 자고 있는데 기숙사에 있던 여학생들이 제 방으로 찾아왔습니다. 마하디가 배가 아파 데굴데굴 구르고 있다고. 급체라도 한 줄 알고 소화제를 들고 방으로 갔습니다. 어두컴컴한 방에서 촛불을 들고 아이를 찾으니 마하디가 창백한 얼굴로 침대에 웅크리고 있었습니다. 약이라도 먹겠냐고 물어봐도 대답이 없습니다. 옆에 있는 학생들이 저희들끼리 눈짓을 주고받더니 심각한 얼굴로 말합니다.

"선생님, 이건 약을 먹어서 될 일이 아니에요. 병원에 가야 돼요."

결국 그 새벽에 저는 차를 불러 마하디를 병원에 데려다 주었습니다. 보츠와나 병원은 보호자가 병원에 함께 있을 수 없어 할 수 없이 돌아왔지요. 그런데 다음날 아침, 아이들이 찾아와 제게 이렇게 말했습니다.

"방금 병원에서 연락이 왔는데, 마하디가 간밤에 아이를 낳았데요…."

순간, 머릿속이 멍해졌습니다. 너무 놀라 한동안 아무 말도 못했습니다. 알고 봤더니 마하디가 10개월을 채우지 못하고 7개월 반 만에 조산을 한 것이었습니다. 자칫하면 큰일 날 뻔한 아찔한 상황이었던 것이지요. 항상 펑퍼짐한 티셔츠만 입고 다녀서 임신을 한 줄은 꿈에도 생각 못했던 일이었습니다. 게다가 저는 미혼인데다 당시만 해도 기독교적 도덕관념이 유난히 강했던 터라, 저로서는 이제 겨우 열일곱 살짜리 아이가 아이를 낳는다는 것은 상상할 수도 없는 일이었지요.

그제야 모든 것이 이해가 됐습니다. 마하디가 왜 그렇게 꾀를 부리고 수업을 따라오지 못했는지. 임신 중이라 몸이 힘드니까 일도 할 수 없었고, 제 말에 집중할 수가 없었던 것입니다. 그런 줄도 모르고 이 아이에게 얼마나 많은 상처를 주었는지…. 마하디의 소식을 듣자마자 저는 타박타박 병원을 향해 걷기 시작했습니다. 걸으면서 많은 생각을 했습니다. 마하디와 친구들이 제게 끝까지 임신 사실을 알리지 않았던 이유에 대해서도. 그건 온전히 제 탓이었습니다. 어떻게 그런 나쁜 짓을 했냐며 불같이 화를 내면서 집으로 보내버릴 것이 뻔했으니까요. 아이나 마하디를 위해서가 아니라, 순전히 저의 도덕적 원칙을 지키기 위해서 그랬을 것입니다. 그러나 당장 기술을 배워 자신과 가족을 먹여 살려야 하는 마하디에게 이 학교는 인생의 전부나 다름없었습니다. 그런 절박함 속에서 말도 못하고 죄인처럼 살아야 했던 마하디가 안쓰러워 가슴이 아팠습니다.

그 순간, 저는 오랫동안 진리라고 믿었던 도덕적인 잣대, 종교적인 잣대를 내려놓았습니다. 나의 신념을 내 삶에는 적용할 수 있지만 함부로 타인에게 들이댄다는 것이 얼마나 부질없는 짓인가, 얼마나 큰 상처가 될 수 있는가를 알게 된 것입니다. 마하디를 통해 모두에게는 자신만의 삶이 있다는 것을 가슴 아프게 깨달은 셈입니다.

병원에 도착하니, 마하디가 아픈 배를 부여잡은 채 저를 보러 나옵니다. 아이를 낳은 아이는 저를 보자마자 고개 숙이며 말합니다.

"선생님, 미안해요…."

정말 미안한 것은 이 못난 선생인데…. 터져 나오는 눈물을 꾹 참고 아이를 위로 했습니다.

"마하디, 네 잘못이 아니야. 미안하다는 말은 안 해도 돼…."

며칠 후, 병원을 퇴원한 마하디는 아기를 안고 집으로 돌아갔습니다. 그리고 1년 반 만에 학교로 다시 돌아왔습니다. 강인한 엄마가 된 그녀는 무사히 공부도 마치고 취직까지 잘 했습니다. 일하느라, 아이들 키우느라 바쁠 법도 한데 학교에도 곧잘 놀러왔지요. 조금씩 자신의 꿈을 이뤄가는 제자를 옆에서 지켜보는 것은 저의 작은 행복이었습니다. 어느 날인가, 마하디가 하늘거리는 하얀색 원피스를 입고 찾아왔습니다. 스물한 살 때니까 한창 예쁠 때지요. 그날도 활짝 웃으며 제게 기쁜 소식을 전해주었습니다.

"선생님, 저 결혼날짜 잡았어요."

행복한 미소를 짓던 그날의 마하디가 아직도 잊혀지지 않습니다. 그날이 제가 살아서 본 아이의 마지막 모습이었으니까요. 얼마 뒤에, 마하디가 아파서 입원했다는 소식이 들려왔습니다. 덜컥 겁이 났지만 별일 없을 거라며 애써 마음을 다잡았습니다. 제가 할 수 있는 것은 기도밖에 없었지요. 그러나 결국 그녀는 하늘나라로 떠나고 말았습니다. 결혼식을 불과 며칠 앞둔 채. 저는 마하디의 결혼식 대신 장례식에 참석했습니다. 이런 경우 정확한 사망원인은 알 수가 없답니다. 그저 에이즈와 관련이 있지 않을까 추측할 뿐입니다.

이제 좀 살 만하니 떠나는 아이의 인생이 애달파서 오래 울었습니다. 마하디가 남기고 간 아들은 엄마의 죽음도 모른 채 아장아장 걸어 다니더군요. 그녀의 인생이 파노라마처럼 눈앞에 스쳐 지나갔습니다. 10대 소녀처럼 사랑했고, 엄마로서 최선을 다해 아이를 키웠고, 기술을 배워 더 나은 삶을 꿈꿨습니다. 그리고 마지막까지 사랑하는 사람을 만나 결혼을 약속했습니다. 22년이라는 그 짧은 시간 동안 마하디는 참으로 인간다운 삶을 살다간 것입니다. 비록 가난하고 배우지 못한 짧은 생이었지만, 누가 마하디의 삶을 무가치하거나 불행했다고 말할 수 있을까요.

'과연 마하디의 삶이 나보다 의미가 없다고 말할 수 있나?'

저는 그 순간 깨달았습니다.

'인생은 비교할 수 없구나. 누가 더 잘났고, 누가 더 가치 있는 삶인지 따지는 것은 아무 의미가 없구나. 각자가 유일한 존재이고 누구에게나 한 번뿐인 삶이기에.'

우리는 흔히 위대한 일을 했거나, 사회적으로 남들에게 큰 영향을

준 삶이 가치 있다고 말합니다. 물론 본받고 싶은 훌륭한 인생입니다. 그러나 그것을 기준으로 인생의 무게를 재는 것은 무의미합니다. 내가 이 세상에 존재하는 이유와 그가 존재하는 이유는 다르지 않습니다.

아무리 못나도 인간이라는 존재의 위대함을 빗겨갈 수는 없고, 아무리 잘나도 소멸하는 생명의 유한함을 벗어날 수는 없습니다. 그것을 이해하니 사람들을 보는 제 시선도 달라지더군요. 제 옆의 누군가가 더 이상 우열을 가르는 비교대상으로 보이지 않았습니다. 힘든 인생길을 함께 걸어가는, 그저 애틋한 동행일 뿐.

거기 있어줘서
고마워요

한국에 있을 때 '생활의 달인'이라는 TV 프로그램을 본 적이 있습니다. 가마솥 주물공장과 냉동 참치 하역장, 이 두 곳의 작업환경을 비교해서 보여주는데 도저히 눈을 뗄 수가 없었습니다. 뜨거운 여름, 쇠를 녹여 만드는 가마솥 주물공장은 이글이글 타오르는 불지옥이나 다름없습니다. 반면 참치를 보관하는 냉동창고는 영하 60도에 달하는 얼음지옥이죠. 양쪽 다 제작진이 직접 들어가서 체험했는데 10분을 채 버티지 못했습니다.

재미있는 것은 그곳에서 일하는 사람들이 먹는 식사였습니다. 주물공장 사람들은 뜨거운 삼계탕을 시켜 먹었고 참치 하역장 직원들은 차가운 냉국수를 먹더군요. 세상에, 아무리 이열치열이라지만 땀범벅이 된 채로 저 뜨거운 삼계탕이 입으로 들어갈까. 이가 시릴 정도로 추운데 또 얼음물이라니.

이들에게는 상상할 수 없는 극한의 더위와 추위를 견디는 능력이 완전히 체질화됐다는 얘기지요. 실제로도 이분들은 그 분야에서 20년 이상 일한 베테랑들이었습니다. 그걸 보면서 생각하게 됐습니다.

'세상은 저렇게 제 자리를 지키는 사람들에 의해 돌아가고 있구나. 우리의 평범한 생활은 매 순간, 한자리에서 20년 이상 묵묵히 일하는 달인들에 의해 만들어지는구나.'

생각해보면 보츠와나에서도 그랬습니다. 평범해 보이는 학교의 일상을 완성하려면 수많은 이들의 노력이 필요합니다. 교사들은 물론이고 행정직원, 정원사, 주방 아주머니들…, 보이지 않는 곳에서 성실히 일하는 이들 덕택에 저 역시 제 역할에 집중할 수 있었습니다. 그중에서도 가장 고맙게 생각하는 분이 바로 에망 아주머니입니다. 그녀를 만난 지도 벌써 20년이 넘었네요.

'에망'은 츠와나어로 '여자'라는 뜻입니다. 이름에 특별한 의미가 없는 것이나 마찬가지입니다. 그 이름처럼 에망 아주머니는 보츠와나 여성들이 감당하는 인생의 무게를 고스란히 지고 있었습니다. 초등학교조차 다니지 못했고, 가난했고, 홀몸으로 3명의 자녀를 키워야만 했지요.

그런 사정을 알았기에 학교를 다시 열었을 때, 주방직원으로 제일 먼저 부른 사람이 에망 아주머니였습니다. 그리고 제가 보츠와나를 떠나기 전까지 14년을 동고동락했지요. 내성적이고 수줍음이 많던 아주머니는 있는 듯 없는 듯, 참으로 조용한 사람이었습니다. 누군가를 험담하거나 불평하는 것도 들어본 적이 없지요. 그녀는 누구보다 성실하게 자신의 역할을 수행했습니다. 그동안 다른 직원들은 2~3명씩 바뀌곤 했지만 에망 아주머니는 늘 그 자리를 지켜주었지요. 저는 그 세월 동안 그녀가 자신의 평범한 일상을 어떻게 만들어가는지 지켜보았습니다.

어느 날, 에망 아주머니가 제게 말했습니다. 굿 호프 마을에 집 지을 땅을 얻었다고요. 그리고 몇 년 후, 드디어 집을 지었습니다.

몇 년이 지나고, 그녀는 방을 한 칸에서 두 칸으로 늘렸고, 정원을 꾸몄다고 말했습니다.

또 몇 년이 지나고, 그녀는 큰아들이 초등학교에 다닌다고 말했지요.

또 몇 년이 지나고, 그녀의 아들이 중학교에 갔다고 자랑했습니다.

또 몇 년이 지나고, 아들이 다른 도시에 있는 좋은 고등학교에 입학했다는 소식을 전했습니다. 정말 뛸 듯이 기쁜 표정이었지요.

한 달에 10만 원이 채 안 되는 박봉으로 집을 마련하고 세 아이를 훌륭하게 키워낸 그녀가 정말 대단해 보였습니다. 그런데 더 존경스러운 것은 지금까지도 자신의 일터를 꿋꿋이 지키고 있다는 사실입니다. 재작년에 굿 호프 마을을 다시 방문했을 때, 그녀는 여전히 주방에서 일하고 있더군요. 딸은 결혼해 이미 손자를 낳았고, 아들들은 취직해서 잘살고 있다고 했습니다. 자식들이 돈을 벌면 더 이상 일을 안 해도 될 텐데 왜 아직 여기에 있느냐고 묻자 그녀가 웃으며 말하더군요.

"일하는 것이 좋으니까요."

그 얘기를 들으니 그저 감사했습니다. 많은 사람들이 떠났고 저 역시 학교를 떠났지만, 여전히 그 자리를 지키는 아주머니에게 깊은 감동을 느꼈습니다. 그녀는 여전히 주방의 살림을 책임지고 있었고, 엄마로서 최선을 다하고 있었습니다.

곁에 있을 때는 제대로 알지 못했습니다. 누군가를 대표하고 앞에서 이끌어가는 이들이 더 중요해 보이기도 했지요. 그러나 우리가 내일을 꿈꿀 수 있는 것은, 묵묵히 오늘을 만든 이들 때문입니다. 세상이 돌아가는 것은 자신의 일을 오랫동안 사랑하고 지켜가는 이들 덕분이니까요.

인연은 생각보다
길지 않다

보츠와나에서 보낸 14년 동안 수많은 사람과 만나고 헤어졌습니다. 시간이 지나면 잊혀질 만도 하지만 몇몇 사람은 지금도 생생히 떠오릅니다. 솔직히 말하면 잊지 않으려고 노력하는 것인지도 모르겠습니다. 마음에 남은 어떤 미안함 때문이지요.

그중 한 명이 바로 스뿌따 씨입니다. 그의 본래 이름은 무시마니 하뻬. 무시마니는 '젊은이(young boy)'란 뜻이고 하뻬는 '다시(again)'라는 뜻입니다. 가수는 노래제목 따라가고 사람은 이름 따라간다더니 스뿌따 씨가 딱 그랬습니다. 그는 나이가 들어도 언제나 '어린아이' 같았지요.

8년 동안 학교에서 정원사로 일했던 그는 그 흔한 영어 한 마디도 할 줄 몰랐습니다. 월급날 장부에 적어야 하는 사인도 X자를 적는 것으로 대신했는데, 이마저도 남들 세 글자 쓰는 시간이 걸리곤 했습니다. 덕분에 제 츠와나어가 많이 늘었지요.

"레 스뿌따, 레르꽈노 가라웨."(스뿌따 씨, 삽을 가져오세요.)

이때마다 그는 천진한 얼굴로 대꾸했습니다.

"하디요."(없어요.)

이런 식의 실랑이가 몇 번 오가야만 그는 겨우 몸을 움직이곤 했습니다. 그마저도 제가 눈에 띄지 않으면 안 하기 일쑤였지요. 그래서 저의 중요한 일과 중 하나는 스뿌따 씨가 어디 있는지 찾는 것이었습니다. 그가 학교에서 보이지 않는다면, 틀림없이 어딘가에서 자고 있거나 술을 마시고 있었기 때문이지요.

이렇게 문제아(?)에 가까운 그였지만 제가 아끼는 나무들에는 잊지 않고 물을 주곤 했습니다. 월급을 많이 주는 것도 아니고 딱히 오갈 데도 없는 것 같아 그만두란 말은 차마 못했습니다. 그렇게 한 해 두 해 지나다 보니 어느새 8년이란 세월이 흘러갔습니다. 여전히 저는 그를 찾아다녀야 했지만 나중에는 이마저도 웃으면서 하게 되더군요.

그런데 어느 날, 스뿌따 씨가 갑자기 몸이 아프다며 고향집으로 내려갔습니다. 그 뒤 한참이나 소식이 없었지요. 혹시 죽은 것은 아닐까. 이곳 아프리카에서는 흔하디흔한 일이 갑작스러운 죽음이라 걱정이 됐지만 학교일로 바빠 그저 잘 있으려니 하고 생각만 했습니다.

다행히 몇 달 후, 그가 좀 나아진 모습으로 학교에 돌아왔습니다. 치료를 받기 위해 남아공까지 다녀왔다고 했습니다. 저는 스뿌따 씨와 살아서 다시 만난 것만으로 무척이나 반갑고 기뻤습니다. 그런데 후유증 때문인지 몸이 예전 같지 않더군요. 늘 앉아서 쉬어야 하고, 걸어 다닐 때도 천천히 한 걸음씩 내딛는 모습이 무척 힘겨워 보였습니다. 환자에게 일을 시킬 수 없어 오히려 그가 빗자루를 들고 있으면 말리곤 했습니다. 그런 저를 볼 때마다 그는 계면쩍게 웃기만 했지요. 어느 날은 보다 못해 주변 사람들에게 말했습니다.

"스뿌따 씨에게 많이 아프면 집에 돌아가서 쉬라고 좀 전해주세요."

그랬더니 그가 이렇게 말했다고 합니다.

"아파도 여기, 기술학교에 있는 것이 가장 행복하답니다."

그 뒤로 저는 그에게 아무 말도 하지 않았습니다.

그러던 2002년 4월의 어느 날, 새벽에 누군가가 집으로 찾아왔습니다. 문을 열어보니 할아버지 한 분과 소년 한 명이 서 있더군요. 알고 보니 스뿌따 씨의 친척이었습니다. 그가 병을 이기지 못하고 하루 전날 돌아가셨는데, 장례식에 도움이 필요하다는 얘기였습니다. 저는 필요한 것들을 먼저 보내고 슬픈 마음으로 장례식에 참석했습니다.

그러나 그의 죽음만큼이나 슬펐던 것은 스뿌따 씨의 인생 이야기였습니다. 54세 총각으로 죽은 그는 배우자도 자녀도 없이 형제들에게도 버림받고 떠돌아다니며 살았다고 합니다.

그러다 우연히 굿 호프 직업학교에 오게 되어 월급을 받게 되니까, 이번에는 형제들이 그 월급을 다 가져가버렸다고 합니다. 그런데 정작 스뿌따 씨가 병들자 아무도 돌봐주지 않아 혼자서 외로운 투병생활을 했다고 합니다.

그제야 그가 왜 아파도 기술학교에 있고 싶어 했는지 알게 되었습니다. 왜 그가 이곳에 있는 것이 가장 행복하다고 말했는지도. 장례식 안내장 뒷면에는 언제 찍었는지 그가 학교 응접실에 앉아 전화를 받는 사진이 실려 있었습니다.

여전히 아이처럼 웃고 있는 그의 얼굴을 보면서 마음 깊은 곳에서부터 회한이 밀려왔습니다. '아, 나는 왜 이런 일들을 미리 알아차리지 못했을까. 월급은 어떻게 쓰는지, 누가 관리하는지 한마디만 물어봤어도 됐을 것을…. 죽은 다음에 이렇게 후회한들 무슨 소용인가.'

스뿌따 씨의 죽음 이후부터 저는 조금 달라졌습니다. 아무리 학교 일이 바빠도 학교 안에 있는 한 사람 한 사람의 삶을 조금씩 더 들여다보기 시작했습니다. 그들이 제 옆에 존재한다는 것을 알아주고 함께 있음에 고마워하게 됐지요.

스뿌따 씨를 보내고 나서야 알게 됐습니다. 사람의 인연이라는 게 생각보다 길지 않다는 것을. 아이러니하게도 우리는 오랫동안 함께 해온 이들에게 가장 무심해집니다. 오늘이 아니어도 내일 또 만날 거라고 믿기 때문입니다. 못다 한 이야기와 추억을 만들 시간 정도는 충분히 있을 거라고 말이죠.

그러나 나이가 들면 알게 됩니다. 헤어짐은 늘 예상보다 일찍 찾아옵니다. 끝나지 않을 것 같은 더위가 갑자기 물러나고, 그칠 것 같지 않던 폭설이 갑자기 봄볕에 녹아나듯, 사람의 인연도 자연스레 맺어졌다 끊어집니다. 원하건 원하지 않건. 그 인연이 다할 때 남는 것은 무엇일까요. 적어도 그것이 후회와 미안함은 아니기를 바랍니다.

누구나 인생에 한 번은
빅폴을 만난다

저는 여행을 참 좋아합니다. 여럿이 가는 여행도 좋지만 혼자 떠나는 길도 나쁘지 않지요. 여행의 묘미는 만남에 있습니다. 새로운 사람과의 만남, 그리고 저 자신과의 새로운 만남. 단지 일상의 자리에서 벗어나기만 해도 이전까지 보이지 않았던 많은 것들을 발견하곤 합니다. 때로는 그 장소에 있는 것만으로, 마주쳤다는 이유만으로 생각지도 못한 선물을 받기도 하지요.

제게도 그런 곳이 있습니다.

벌써 20년 전의 일이네요. 보츠와나에 온 지 4년이 지났을 무렵이었습니다. 한국인 교사들이 하나둘씩 학교를 떠나면서 미래가 점점 막막해지고 있었습니다. 저 또한 하루에도 12번씩 한국에 가야 할지 말아야 할지 고민했지요. 그러다 마침내 가방을 쌌습니다. 무작정 떠났지요. 한국이 아닌 또 다른 아프리카로.

처음으로 보츠와나를 벗어나 짐바브웨를 거쳐 잠비아와 탄자니아까지 주변국들을 돌아보았습니다. 그러다 마침내 그곳에 닿았습니다. 짐바브웨와 잠비아의 남쪽 국경선에 있는 곳. 수km 밖에서도 어마어마한 소리와 울림, 물보라로 존재의 위용을 자랑하던 빅토리아 폭포입니다. 나이아가라, 이과수와 함께 세계 3대 폭포로 불리지만, 워낙 아프리카 대륙 깊숙한 곳에 숨어 있어 아무나 볼 수 없다는 꿈의 폭포, '빅폴'.

맞은 편 벼랑에 서서 처음으로 이 폭포를 마주한 순간, 저도 모르게 탄성을 지르고 말았습니다. 제 상상력 안에 있는 모든 프레임을 뛰어넘는 웅장함이 세포 하나하나까지 깨우는, 거대한 충격 그 자체였거든요. 특히 메마른 사막에서 온 제게 매순간 떨어지는 거대한 물줄기는 눈물이 나도록 아름다웠습니다. 이 폭포에서 눈을 떼지 못한 채, 저는 옆에 있던 동료에게 말했습니다.

"이런 게 있는 줄 알았다면, 지난 4년간 꾹 참고 살았을 거야!"

그날 밤, 잠을 자려고 누웠는데 눈앞에 빅토리아 폭포가 어른거렸습니다. 눈을 떠도 보이고 감아도 보이고…. 그리고 알게 됐지요. 인생이 언제나 사막 같은 시간만 이어지는 것은 아니겠구나. 타박타박 걷다 보면 언젠가 빅토리아 폭포 같은 웅장한 세월을 만나겠구나.

그 뒤로 힘든 일이 있을 때마다 저는 제 자신에게 말하곤 했습니다. '괜찮아. 내 인생 어딘가에도 빅토리아 폭포가 있을 거야.'

감사하게도, 그 뒤로 제게는 '빅폴' 같은 날이 많이 찾아왔습니다. 일상의 단조로움을 깨는 행복한 순간, 깨달음의 순간, 성장의 순간…. 물론, 그 시간은 오래 지속되지 않았습니다. 빅토리아 폭포가 아무리 멋있다고 해도 주머니에 넣어서 가지고 올 수는 없는 노릇이니까요. 그 폭포가 너무 좋다고 죽을 때까지 옆에 머물 수도 없습니다. 아마 며칠도 지나지 않아 조용한 사막이 다시 그리워질 게 뻔하니까요. 그렇게 되면 빅폴은 더 이상 빅폴이 아니지요.

중요한 것은 거기에 있다는 것을 아는 겁니다. 세상에는 그런 웅장하고 아름다운 것들, 내가 미처 생각지 못했던 구원, 무엇을 상상하든 그 이상인 세월이 기다리고 있다는 것이지요. 언젠가 또 다른 빅폴을 만나 탄성을 지르고, 기뻐하고, 감동의 눈물을 흘리게 될 제 자신이 너무 기대됩니다.

그걸 위해 어딘가로 굳이 떠날 필요는 없습니다. 우리 모두는 각자의 인생을 여행하는 중이니까요. 때론 심심하고, 지루하고, 슬프기도 한 이 길을 타박타박 걷다 보면 어느 순간, 당신에게도 빅폴이 나타날 겁니다. 거짓말처럼.

놓아버린 활시위

그녀의 이름은 항상 발음하기가 힘들었습니다. 까꿍벨라? 까똥벨라? 그러면 그녀는 항상 고개를 힘차게 저으며 또박또박 자신의 이름을 말하곤 했지요.

"까.똥.벨.라."

그래서인지 이 이름은 세월이 지나도 좀처럼 잊혀지지 않습니다. 까똥벨라는, 말하자면 보츠와나의 '엄친딸'이었습니다. 그녀는 30대 후반이던 당시에 보츠와나 상공부에서 가장 높은 고급 공무원이었습니다. 남편도 고급 공무원이라서 두 사람 모두 높은 연봉을 받고 있었습니다. 수도인 가보로네에 이미 큰 집이 있고, 고향에도 은퇴 후에 살 집을 마련했을 정도로.

게다가 그녀는 한눈에 봐도 눈길을 끄는 미인이었습니다. 늘씬하게 큰 키와 균형 잡힌 몸매, 아름다운 얼굴을 가졌지요. 게다가 대학교육을 받은 사람답게 교양이 넘쳐흘렀습니다.

학교일 때문에 그녀와 종종 만날 때마다 저는 속으로 그녀를 부러워했습니다. 이제는 좀 초연해졌다고 생각했는데, 사람 마음이 그렇지가 않더군요. 볼품없는 제 인생과 자꾸 비교했습니다. 자원봉사자이기에 월급도 없었고, 미래를 위해 뭔가를 한다는 것 자체가 사치였을 때였습니다. 그녀처럼 남편이 있는 것도 아니고, 교육을 제대로 받은 것도 아니었죠. 까뚱벨라 앞에서는 친구로서 웃고 있었지만 마음 한편이 슬슬 꼬이는 것까지는 저도 어쩔 수 없었습니다.

그러던 어느 날, 그녀가 일 때문에 굿 호프 마을로 찾아왔습니다. 당시만 해도 굿 호프에는 손님이 와도 마땅히 머물 만한 숙소가 전무했습니다. 그래서 간혹 안면이 있는 공무원들이 출장을 오면 제가 살던 집의 게스트룸을 내주곤 했지요. 이번에도 그녀와 1주일 정도 함께 지내게 됐습니다.

그런데 막상 한 공간 안에 있다 보니 예전에는 몰랐던 모습이 보였습니다. 밤이 되면 우울한 얼굴로 담배를 피우면서 매일같이 술을 마시는 것이었습니다. 겉으로는 그렇게 자신만만하고 멋있어 보였던 까뚱벨라에게, 마치 세상의 모든 것을 다 가진 듯했던 그녀에게, 이런 슬픈 이면이 있을 줄이야. 그런 그녀를 보며 마음이 아팠지만 무슨 말

못할 사정이 있나 보다 하고 짐작만 할 뿐이었죠. 그렇게 1주일이 흐른 뒤 돌아가기 전날 밤, 마침내 까뚱벨라는 제게 속 얘기를 털어놓았습니다.

"결혼한 지 13년이나 됐는데 아직 아이가 없어. 그게 날 너무 힘들게 해. 그래서 한 잔 두 잔 마시기 시작했는데, 지금은 거의 알코올중독 수준이야. 술이 없으면 잠을 못 잘 정도로…."

그것 때문에 남편이 바람을 피우거나 부부 사이가 좋지 않느냐고 물었더니 그건 아니랍니다. 오히려 남편은 아이가 없어도 괜찮다며 그녀를 위로한다고 하더군요.

순간, 저는 멍해졌습니다. 모두가 부러워하는 자리에 성실한 남편, 좋은 집, 아름다운 외모까지 다 가진 그녀가 단 하나의 결핍 때문에 나머지 행복들을 놓치고 있었기 때문입니다. 물론 그 단 하나의 결핍이 중요하지 않다는 게 아닙니다. 어쩌면 그녀에게는 자신이 가진 모든 것과 바꾸어도 될 만큼 중요한 일일지도 모릅니다. 하지만 제 눈에는 그 단 하나 때문에 다른 모든 것에 대한 감사와 기쁨을 누리지 못한다는 게 너무 안타까워 보였습니다.

그날, 저는 그녀가 붙잡고 있는 활시위를 보았습니다. 부들부들 떨면서도 놓지 못하는 고통의 화살을. 처음에 시위를 당겼을 때는 과녁이 있었을 것입니다. 내가 저것만 맞추면 좀 더 행복해질 것이라고 믿었겠지요. 그런데 문제는 정작 놓아야 할 때 놓지 못했다는 것입니다.

활이 빗나갈 수도 있다는 사실을 받아들일 수 없기 때문이죠. 그 힘든 자세로 버티기 시작합니다. 그러나 버티면 버틸수록 고통과 분노는 점점 더 커집니다. 부정적인 감정과 생각은 알코올 못지않은 중독성이 있습니다. 나중에는 이걸 놓으면 죽는다는 생각까지 듭니다. 이미 과녁에 꽂혀 있는 화살도, 쏘지 않은 무수한 화살도 보지 못합니다. 내가 든 것이 무엇인지, 어딜 쏘려고 했는지조차 기억나지 않게 되지요.

그러나 한 가지 사실만은 변함이 없습니다. 활은 시위를 손에서 놓았을 때에만 떠난다는 것. 그래야 빈 시위에 다음 화살을 올려놓을 수 있다는 것을.

인생에서 만나는 모든 것은 때가 되면 놓아야 합니다. 아무리 모든 것을 가진 부자라도, 아무리 가진 것 없는 가난한 이라도, 규칙은 똑같습니다. 이 이치를 아는 사람은 지금 내가 가진 하나에 만족하고 감사합니다. 그러나 인정하지 않는 사람은 내가 갖지 못한 하나 때문에 불행해집니다.

저는 까뚱벨라를 보면서 지금 제가 가진 수많은 것들을 다시 돌아보게 됐습니다. 이 정도면 몸이 건강한 것, 누군가를 가르치는 보람된 일을 하는 것, 저를 사랑해주는 가족이 있다는 것. 게다가 아이들에게 예쁘다는 소리를 꽤나 듣는다는 것….

그다음부터 저는 마지막까지 붙잡고 있던 열등감을 탁, 놓아버릴 수 있었습니다. 행복은 생각보다 가볍더군요.

뜨거운 고난 속에서
꽉 차게 영글던 그 맛

수박 한 덩이, 감자 한 무더기, 양파 한 무더기, 망고 5개, 아보카도 큰 것 2개, 토마토 한 봉지, 파인애플 1개, 파파야 2개.

케냐에서 단돈 1만 원이면 살 수 있는 과일과 채소들입니다. 1만 원이면 한국에서는 수박 한 덩이도 사기 힘든 돈이죠. 이곳 나이로비에 살면서 좋은 것 중 하나는 과일값이 참 '착하다'는 것입니다. 저는 주로 노점상에서 과일을 사곤 하는데, 번듯한 가게보다 훨씬 신선하고 가격도 싸기 때문이죠.

그중에서도 보츠와나 시절부터 제가 가장 좋아했던 과일이 바로 망고입니다. 본래 신맛은 좋아하지 않기 때문에 달착지근하면서도 아삭아삭한 망고가 제 입맛에는 딱이더군요. 케냐에 처음 왔을 때도 1년 열두 달 가지각색의 망고를 맛볼 수 있어 얼마나 좋았는지 모릅니다.

식사를 한 뒤 디저트로 망고를 하나씩 먹는 게 이곳 생활의 낙이지요.

그런데 사소한 문제가 하나 있습니다. 의외로 맛있는 망고를 고르는 일이 꽤나 힘들다는 것이지요. 크고 먹음직스러워서 샀는데 너무 시어 제대로 먹지 못한 망고가 수두룩합니다. 따져봤더니 성공확률은 20% 내외밖에 안 됩니다. 5번을 사야 겨우 1번 흡족한 정도죠. 아프리카에서 오래 산 분들에게 팁을 물어보기도 했지만, 저한테는 여전히 어렵더군요. 하도 답답해서 구글에 '맛있는 망고 고르는 법'을 검색할 정도였습니다.

'아, 이 맛이 아닌데⋯. 왜 보츠와나에서 먹었던 그 맛이 나지 않는 걸까?'

그때 문득 그런 생각이 떠올랐습니다.

'나는 맛있는 망고가 아니라 보츠와나에서 먹던 바로 그 망고 맛을 찾고 있었구나⋯.'

제가 아프리카에서 처음 맛본 과일은 바나나였습니다. 그것도 온 지한 달 만에 간신히 먹어볼 수 있었죠. 보츠와나에 오면 열대과일은 실컷 먹을 수 있을 줄 알았는데 꼭 그렇지만도 않더군요. 물론 거기에도 과일은 많았지만 문제는 그것을 살 만한 돈이 없었다는 것입니다.

나중에 제가 교장이 되고 직접 시장을 보면서부터 과일을 조금씩 사기 시작했습니다. 적어도 1주일에 2번은 학생들 식단에 오렌지며 사과 같은 과일이 올라갔으니까요. 그럴 때 제가 좋아하는 망고도 덤으로 몇 개 사곤 했습니다. 수업이 다 끝나고 나면 작은 애플망고 하나를 꺼냅니다. 내일 또 먹기 위해 반쪽만 잘라내고 껍질을 까기 시작합니다. 천천히 최대한 얇게. 큼직한 씨에 붙어 있는 살점까지 꼼꼼히 발라냅니다. 그리고 잘게 조각을 내 담고, 그 망고 접시를 들고 밖으로 나갑니다. 밤하늘은 방금 떠오른 별들로 싱그럽게 반짝이지요. 별들을 보면서 조심스럽게 망고를 한입 베어 뭅니다. 오물오물. 입안 가득 퍼지는 망고향이 마음속까지 달콤하게 채우면 '휴우~' 하고 한숨이 절로 나옵니다. 그 시절에 망고는 제게 그런 존재였습니다.

아마 그래서일 것입니다. 어쩌면 지금 이곳 케냐에서 먹는 망고가 훨씬 더 맛있을지도 모릅니다. 그러나 그 어떤 달콤한 망고를 먹어도 보츠와나에서 먹었던 그 맛일 수는 없습니다. 학교를 혼자 일으켜야 했던 1995년. 그 가난하고 외롭던 시절에 한숨 고르며 쉴 수 있게 해 주었던 고마운 열매. 저는 어쩌면 맛있는 망고가 아니라 보츠와나에서 느낀 그 인생의 맛을 찾고 있는지도 모릅니다. 뜨거운 고난 속에서도 하루하루 꽉 차게 영글어가던 그 맛. 매일 부딪치고 깨지면서도 행복했던 맛. 오늘따라 망고 생각이 더 간절해집니다.

언젠가 당신의 사막을
만난다면

수많은 종교가 사막에서 태어났습니다. 기독교가 그렇고, 이슬람교와 힌두교, 불교도 그렇습니다. 아무래도 사막이 도 닦는 데 최적의 장소인가 봅니다. 제 경험으로 미루어 짐작해보면, 사막에서는 모든 것이 그저 고마워지긴 합니다. 워낙 척박하다 보니 한 끼의 음식, 한 모금의 물에도 진심으로 감사하게 되지요. 사람마저 귀하다 보니 누가 찾아오기만 해도 마음속으로 정말 고마운 마음이 듭니다.

또 하나는 텅 비어 있다는 것입니다. 그야말로 아무것도 없습니다. 읽을 만한 책도, TV도, 항상 손에 들려 있는 스마트폰도 없습니다. 제 눈길을 잡아끄는 것이 없지요. 유혹당하거나 중독될 만한 것 자체가 없습니다. 도시생활에 익숙한 사람들은 지독한 무료함에 시달리게 됩니다. 심심한 시간은 대체로 매우 느리게 가니까요. 저도 그 시간을 무엇으로든 때우기 위해 새 둥지를 하나씩 분해하기도 하고, 개미를 따라가 보기도 하고, 풀꽃을 찾아 벌판을 헤매기도 했습니다.

그래서인지 사막에 있으면 자꾸만 묻게 됩니다. 황량한 이곳에서 너는 지금 무엇을 하고 있느냐고. 고독하고 척박하고 힘든 곳일수록 인간은 불안해지니까요. 믿을 것이라곤 나라는 연약한 존재밖에 없다는 사실, 그것처럼 슬프고 불안한 일이 또 없습니다. 불안이야말로 인간의 타고난 본능 같은 것이지요. 그러니 불안을 불안해할 필요가 없습니다. 인간으로서 미래를 걱정하고 불안을 느끼는 것이야말로 너무나 자연스럽고 당연한 일이니까요.

만약 불안을 줄여보고 싶다면 제가 한 가지 방법을 알려드리겠습니다. '미닝meaning', 즉 의미를 찾는 것입니다. 나는 왜 살지? 나는 누구지? 나는 왜 이 일을 하고 있지? 나는 왜 공부를 하는 것일까? 미닝을 찾으면 불안이 줄어듭니다. 내가 이 일을 해야 하는 이유와 신념이 생기니까요. 반대로 불안이 커지면 미닝이 작아집니다. 당장 정리해고를 앞둔 상황에서 일의 보람이나 의미가 사라져버리듯이. 이처럼 양팔 저울 같은 불안과 미닝은 한 세트로 죽을 때까지 우리를 따라다닙니다.

현대인의 가장 큰 문제점은 더 이상 미닝을 찾지 않는다는 것입니다. 스스로에게 미닝을 찾기 위한 질문을 하지 않습니다. 이미 부모세대가 미닝을 다 세팅했기 때문이죠.

'네가 왜 공부를 열심히 해야 하는지 알아? 좋은 대학에 들어가고 좋은 직장을 얻을 수 있기 때문이지. 그래야 행복하게 살 수 있으니까. 네가 왜 열심히 일을 해야 하는지 알아? 그래야 결혼도 하고 집도 살 수 있기 때문이지. 당연한 걸 왜 물어?'

사회가 이미 정해 놓은 미닝을 따라 살면 불안은 줄어듭니다. 동시에 질문도 줄어들죠. 생존이나 생계의 문제가 해결되고 생활이 안락해지면 질문하지 않습니다. 질문을 해봐야 지혜로운 답도 안 나오고, 머리만 복잡해지니까요. 그러나 해결되지 않는 갈증은 여전히 남아 있습니다. 30~40대가 되어 어느 정도 자리 잡으면 마음속 한구석이 허탈해집니다. 그때서야 뒤늦은 질문을 던지는 것이죠. 나는 정말 잘 살고 있는 것일까. 나는 이대로 행복한가. 나는 왜 사는 것일까.

특히나 한국인들은 미닝 찾기에 약합니다. 제가 미국에서 7년 동안 지내며 만났던 뉴요커들과 유럽 사람들은 자신만의 확고한 미닝을 갖고 있었습니다. '당신은 누구냐?'라고 물었을 때 망설임 없이 대답합니다. 어릴 때부터 '네 생각은 뭐냐?'라는 질문에 대답하는 훈련을 받았기 때문이지요.

그러나 한국인들은 '너는 누구냐?'라는 질문에 자신의 이름, 소속, 학교, 직장을 말합니다. 나라는 존재를 측정 가능한 틀 속에 자꾸 집어넣는 것이지요. 그러나 틀이라는 것은 늘 변하게 돼 있습니다. 학벌,

소속, 자리가 나를 대변해주지 못하는 때가 옵니다. 그럴 때면 엄청난 상실감에 시달리게 되는 것이지요.

그래서 많은 사람들은 종교에서 미닝을 찾기도 합니다. 종교야말로 사람이 태어나고 죽는 것까지 모든 미닝을 조목조목 설명해주니까요. 신앙이 깊어질수록 불안도 사라집니다. 그래서 자신이 믿는 종교를 위해 목숨까지 바칠 수 있는 것이겠지요. 또 하나는 옛 성현의 지혜를 읽는 것입니다. 고전 속에는 5,000년 전의 위인들이 온갖 고통을 겪으면서 절절하게 써놓은 미닝들이 가득합니다. 차려놓은 밥상 위에 숟가락만 '살짝' 얹어도 어느 정도 배는 부를 수 있습니다.

그러나 문제는 인간은 저마다 고유한 존재라는 것입니다. 누군가가 찾아낸 훌륭한 미닝이 온전히 내 것이 될 수는 없습니다. 듣는 순간에는 깨달은 것 같지만, 시간이 지나면 잊혀집니다. 근본적으로 불안을 없앨 수는 없는 것이지요. 그러나 내가 스스로 질문해서 찾은 미닝, 고생해서 알아낸 미닝은 죽을 때까지 잊지 못합니다. 이 세상에서 나를 온전히 설득할 수 있는 존재는 오직 나 자신뿐이니까요.

제가 칼라하리의 거친 모래바람 속에서 찾아낸 것은 바로 이 보석 같은 미닝들이었습니다. 나는 누구인가, 인간이란 어떤 존재인가, 나는 어떻게 살아야 하는가…. 가장 근본적인 답을 찾으면서 제 몸을 감싸고 있었던 성공 혹은 성공으로 오해한 쪼가리들이 하나하나 떨어져

나갔습니다. 액세서리에 불과했던, 얻고 나니 생각했던 것만큼 중요하지 않았던 것들을 떼버리자 저 스스로가 제대로 보이기 시작했습니다. 이제야 말이죠.

인생의 가장 중요한 질문들에 답을 찾은 저는 예전처럼 약하지 않았습니다. 불안하지도, 열등하지도, 조급하지도 않았습니다. 고생 가운데 행복이 있고 어려움 가운데 진실이 있다고 믿게 됐습니다. 뉴욕이든, 서울이든, 케냐든, 저의 하루하루는 칼라하리 사막에서처럼 늘 충만합니다.

물론 미닝을 찾는 것은 쉬운 일은 아닙니다. 번잡한 도시에 살면서 '나는 누구인가?'라는 한가한 질문을 던지는 것은 스마트폰 없이 사는 것만큼이나 생경합니다. 그러나 우리 모두는 언젠가 사막을 만납니다. 굳이 저처럼 칼라하리까지 가지 않아도 됩니다. 살다 보면 고독하고 고통스러운 사막 같은 세월을 지나갑니다. 금방 열사병에 걸려 쓰러질 것만 같은 지독한 시절을 한 번쯤은 건너게 됩니다. 그때는 운명이 저 대신 질문합니다.

'너는 누구야? 대답해. 사람으로 태어난 밥값을 하라고.'

그러니 사막을 만나면 너무 두려워하지 마세요. 슬퍼하지도 마세요. 모래바람 속을 타박타박 걷다 보면 물어보게 될 것입니다. 인생의 많은 수수께끼에 대해. 그리고 사막의 세월이 끝나갈 즈음 답하게 되겠지요. 스스로 찾은 아름다운 비밀들을….

사람으로
태어난 값을 한다는 것은

생각해보면 도움을 받을 처지라고 슬퍼할 필요도, 도움을 줬다고 뿌듯해할 것도 없습니다. 왼손에 난 상처에 오른손이 약을 발라준다고 해서 왼손이 고맙다고 하지는 않으니까요. 타인을 치유함으로써 우리는 과거의 자신을, 그리고 미래의 자신을 돌보고 있는 중이니까요. 그렇게 우리 모두는, 생각보다 훨씬 더 촘촘하게 하나로 연결돼 있습니다.

아무것도 모르면서

보츠와나를 떠난 지 거의 10년 만에 저는 아프리카에 다시 돌아왔습니다. 그동안 많은 일이 있었지요. 보츠와나를 떠나 지구 반대편 뉴욕에서 대학과 대학원 공부를 마쳤습니다. 현장에서 사회복지사로서 전문성이 부족하다는 것을 너무나 크게 실감했기 때문입니다. 아프리카에서 제대로 일을 하려면 먼저 제대로 배우고 준비해야겠다는 생각으로 떠난 길이었습니다. 마침 공부를 마치고 한국에서 국제사회복지사로 일할 때, 밀알복지재단에서 아프리카 권역 본부장이라는 중책을 맡겨주셨습니다. 덕분에 저는 본래의 소망대로 아프리카로 다시 되돌아올 수 있었지요.

이곳에서 제가 할 일은 아프리카의 각 나라들에 대한 현장조사와 지원사업을 진행하는 일입니다. 어떤 나라에서 도와달라는 요청이 오면 사전에 현장에 나가 자세히 살펴보고 조사하는 것이지요. 또한 현재 우간다, 에티오피아 등 아프리카 10개 나라에서 진행되는 초등학교 지원사업과 설립사업도 총괄하게 됐습니다. 이런 막중한 임무에 대한 책임감, 그리고 지난 10년간 갈고 닦은 전문성을 발휘할 생각에 가슴은 한껏 부풀어 올랐습니다.

"우리나라에서 제일 큰 고가도로지요. 아프리카 전체에서 제일 크다고 합니다."

케냐의 NGO에서 운전기사로 일하고 있는 은주구나 씨가 웃으며 말합니다. 그의 차를 타고 나이로비 공항을 빠져나와 시내로 향하는 길입니다. 나이로비 시내 중심을 관통하는 몸바사 로드와 와이야키 하이웨이, 티카 익스프레스 하이웨이를 연결하는 고가도로가 눈앞에 펼쳐집니다. 몇 년 전에 개통했다는 이 길은 과연 선진국과 비교해도 손색이 없어 보입니다.

더 놀라운 것은 도로 옆으로 보이는 대도시의 풍경입니다. 높이 솟은 빌딩숲이 마치 뉴욕을 방불케 합니다. '맙소사! 여기가 정말 아프리카란 말이야?'

케냐에 오기 전, 나름대로 열심히 조사를 했다고 했는데 정작 나이로비 시내 사진은 한 장도 보지 않고 온 것입니다. 직접 와보고 나서야 케냐가 동아프리카의 정치, 사회, 경제의 중심지라는 말이 실감 납니다. 그렇게 케냐는 첫인상부터 제 고정관념을 확 깨버렸습니다.

14년간 제가 있었던 보츠와나와는 달라도 너무 달랐지요.

　도착하자마자 나이로비 시내의 제법 큰 쇼핑몰에 들어갔습니다. 심 SIM카드의 크기가 제 휴대전화에 안 맞아 작게 자르려고 상점에 들렀던 것이죠. 심카드를 잘라달라고 점원에게 요청했더니 어디선가 펀치를 가지고 옵니다. 곧바로 '딱' 하고 잘라주더군요. 그러더니 당당하게 말합니다.

　"200실링(약 2,600원) 주세요."

　"네? 설마, 이거 펀치 한 번 누르는 데?"

　제가 영어로 따졌더니 더 유창한 영어로 대답합니다.

　"이 펀치기계는 빌려온 건데, 다시 돌려줄 때는 약간의 수리비가 추가로 필요해요. 그러니 돈을 받아서 펀치기계의 주인에게 갖다 줘야 한다고요."

　말도 안 되는 이야기인데 어쩐지 말이 되는 것처럼 들렸습니다. 얼마 안 되는 돈 때문에 실랑이하기 싫어 결국 지폐를 주고 나왔습니다. 그렇게 제 케냐 생활은 200실링을 '뜯기며' 시작됐습니다. 그 순간 저도 모르게 혼잣말을 하고 있더군요.

　"케냐는 인심 한번 고약하네. 보츠와나는 이렇지 않았는데…."

　그 이후에도 한동안 저는 이 말을 입에 달고 살았습니다. 좋은 것을 발견하면 '보츠와나랑 다르네?' 하다가, 실망스러운 것을 보면 '역시

보츠와나가 더 낫네!'라고요. 모든 판단의 기준이 보츠나와였던 것이
죠. 그렇게 몇 달이 지나고, 탄자니아, 르완다, 잠비아 등 주변 나라들
을 돌아보면서 놀라운 사실을 하나 발견했습니다. 제가 그동안 심각
한 착각에 빠져 있었다는 것을요.

그동안 저는 아프리카와 보츠와나를 동의어로 사용하고 있었던 것
입니다. 나름 보츠와나에서 오래 살았으니 아프리카를 잘 안다고 착
각했던 것이죠. 보츠와나를 기준으로 케냐를 비롯한 다른 나라들을 끼
워 맞추려고만 했습니다. 그런데 그 '아프리카'만으로는 지금 제 눈앞
에 있는 아프리카를 도저히 설명할 수가 없었습니다.

당연하지요. 제가 경험한 아프리카는 1990년부터 2003년까지, 그
것도 보츠와나의 작은 시골 마을인 굿 호프가 전부였으니까요. 그런
데 그 과거의 한시적인 시간, 그 한정된 공간에서의 경험으로 감히 현
재의 이 드넓은 아프리카 대륙을 다 안다고 착각했던 것입니다. 어마
어마한 실수였지요.

이미 낡은 데다 초점까지 맞지 않는 안경을 쓰고 보려니 제대로 보
일 리가 없습니다. 예전의 보츠와나를 기준으로 보면 케냐도, 잠비아
도, 우간다도 도저히 이해할 수 없습니다. 나라마다 환경과 문화가 너
무 다르니까요. 아프리카는 57개의 나라가 공존하는 거대한 '대륙'이
니까요. 어떤 나라는 너무 발전해서 놀라고, 어떤 나라는 너무 아름답
고 깨끗한 자연에 감탄하고, 어떤 나라는 사람들의 의지에 감동합니

다. 그런데 그 수많은 다양성을 '아프리카'라는 하나의 이름으로 감히 '퉁치려고' 한 것이지요. 아무것도 모르면서.

우리가 새로운 환경에 마주쳤을 때, 내가 아는 것이 한시적이고 극히 일부분에 지나지 않는다는 것을 인정하지 않으면 곧바로 부작용이 나타납니다. 저처럼 '크리티컬 프로세스critical process'가 발동하는 것이지요. 케냐에 처음 온 한국 분들에게 자주 나타나는 현상입니다. 저는 그래도 보츠와나가 기준이었지만 이분들에게는 한국이 기준이니까요. 한국의 프레임으로 보면 케냐는 정말 '이상한 나라'일 수밖에 없습니다.

"여기 사람들은 다 이래요?"

"케냐 사람들은 도대체 시간관념이 없어요."

도착하자마자 이곳 사람들의 오래된 생활방식에 화를 내는 분들이 적지 않았습니다. 그분들을 보면서 저도 스스로를 돌아보곤 합니다. 어느새 나도 모르게 또 다른 프레임을 만들지 않았나 하고요.

고정관념이라는 것은 굉장히 견고합니다. 간신히 무너뜨렸다고 생각하면 어느새 또 다른 틀이 자라나 휘감습니다. 물론 사람은 모두 자신만의 기준을 갖고 있습니다. 그러나 그 기준에는 한 가지 대전제가 있습니다. '내가 아는 것은 이 거대한 진실 중 아주 작은 한 조각일 뿐이다'라는 것입니다. 그러면 어떤 새로운 곳에서도 비난과 냉소가 아닌 '러닝 프로세스learning process'가 작동합니다.

'여긴, 뭔가 다르구나. 왜 그럴까? 여기서 뭘 배울 수 있을까?'

처음 나이로비 공항에 도착할 때까지만 해도 저는 자신감에 넘치고 있었습니다. 보츠와나를 떠나면서 꿈꿨던 대로 국제사회복지사가 되어 돌아왔으니까요. 이제 정말 아프리카에서 '폼' 나게 일할 수 있을 것만 같았습니다. 그러나 저의 그런 기대는 케냐에 오자마자 와장창 깨졌습니다. 제가 아프리카에 대해 아무것도 몰랐다는 충격적인 진실을 알게 됐으니까요. 그다음부터 저는 엄청 겸손해졌습니다. 누군가가 케냐의 날씨를 물어보면 이렇게 말합니다.

"제가 있었던 2014년 나이로비 날씨는 1년 내내 봄가을 날씨였어요. 케냐의 다른 곳, 다른 시기는 잘 모르겠지만."

어쩌면, 지혜로워진다는 것은 모르는 것이 점점 더 많아진다는 의미일지도 모르겠습니다.

얼마 전, 한국에서 반가운 전화가 왔습니다. 저와 잘 아는 지인인데 조만간 케냐에 오겠다고 합니다.

"와, 잘됐네요. 그런데 공항이 얼마 전에 불에 타서 입국 수속하시는 데 조금 불편할지도 몰라요."

"네? 공항이 불탔다고요?"

"그리고 쇼핑몰에서 테러 난 건 아시죠? 이번에 오시면 바깥활동은 많이 못할 텐데, 그래도 갈 만한 곳을 최대한 알아볼게요."

갑자기 전화기 너머로 정적이 흐릅니다. 한층 심각해진 목소리로 묻더군요.

"선생님, 거기 혹시 전쟁이라도 났나요?"

하긴, 말해놓고 보니 좀 그렇게 들리긴 합니다. 그래도 너무 걱정

마세요. 나이로비는 정치적으로 좀 불안하긴 하지만 사는 데는 별 문제없습니다. 물론, 한국 사람의 눈으로 봤을 때는 여기가 '전쟁터'처럼 느껴지는 것도 당연합니다. 당장 오늘 어떤 사건사고가 벌어져도 전혀 이상하지 않은 예측 불허의 도시니까요.

수개월 전에도, 3일 동안 '시트콤'을 한 편 찍었습니다. 인턴직원이 말라위에 가야 해서 비자를 신청하기 위해 집을 나섰습니다. 인터넷으로 찾아보니 A라는 장소에 대사관이 있다고 합니다. 그런데 막상 가보니 팻말도, 대사관도, 아무것도 없습니다. 지나가는 사람한테 물었더니 B로 가라고 합니다. 다시 그곳에 가보니, C라는 데로 가라고 하더군요. C에서는 다시 D로 가라고 하더니, 결국 D에 가보니 다시 A로 가라고 합니다. 하루 종일 주변만 계속 빙글빙글 돈 셈입니다. 길을 가르쳐주는 주민들과 경비원들도 정확히 거기가 어딘지 잘 몰랐던 것이지요.

알고 보니 말라위 대사관은 이미 없어진 지 오래였습니다. 그렇다면 비자는 어떻게 받아야 하지? 대사관을 통하지 않고 비자를 받을 수 있는 방법을 수소문했습니다. 그런데 이번에도 사람마다 얘기하는 해법이 다릅니다. 누구는 탄자니아 대사관을 찾아가라고 하고, 또 누구는 탄자니아로 여권을 부치라고도 합니다.

우리는 더 큰 혼란에 빠졌습니다. 생각해보면 당연한 일입니다. 여긴 케냐니까요. 무슨 일이든 그때그때 다르기 때문에 한 가지 일에 대해서도 경험은 제각각일 수밖에 없습니다. 지난번에 그랬으니 이번에도 그럴 것이라고 믿었다가는 낭패 보기 십상입니다. 그렇게 3일을 헤매다가 우연히 최근에 말라위를 다녀온 어느 한국인 활동가를 만났습니다.

"말라위 비자요? 그거 미리 안 받아도 돼요. 공항에서 10달러만 내면 되는데…."

그의 말은 사실이었습니다. 이렇게 허무할 데가! '아프리카는 되는 것도 없고 안 되는 것도 없다'는 말을 새삼 실감한 순간이었지요.

나이로비에서는 무엇인가를 예측하는 일이 불가능합니다. 누군가를 만나는 아주 사소한 약속조차도. 서울에서는 전철이나 버스가 제시간에 딱딱 오지만 나이로비에서는 사람이 꽉 차야만 버스가 출발합니다. 1시간이 걸리든 2시간이 걸리든. 그밖에도 지각을 부르는 변수는 도처에 널려 있습니다. 오다가 차의 타이어가 펑크 날 수도 있고, 누군가가 길을 잘못 알려줬을 수도 있고, 중간에 누군가를 만나 딴 데로 샐 수도 있습니다. 그와 제가 만날 확률은 어디까지나 반반에 불과합니다. 만나거나 못 만나거나. 그래서 서울에서 새로운 인턴직원이 올 때마다 저는 항상 이렇게 말합니다.

"누가 사무실에 오겠다는 약속을 해놓고 안 와도 이상하게 생각하지 마세요. 그냥 그런가 보다 하면 돼요."

매사에 이런 식이니 무엇인가를 예상하고 계획을 관철시키려면 엄청난 에너지가 필요합니다. 일어날 수 있는 수십 가지의 시나리오를 미리 짜두어야 하죠. 생각만으로도 피곤할뿐더러 아무리 계산해도 예측대로 되리란 법이 없습니다. 그렇다면 최선의 방법은 무엇일까요?

그냥 탁, 놔버리는 겁니다. 뭐, 어떻게든 되겠지. 오늘 못 만나면 내일 만나면 되고. 이 일을 못 하게 되면 저 일을 하면 되지. 그러니 화내거나 짜증 낼 일이 없습니다. 상대방에 대해서도, 나 자신에 대해서도. 그래서 이곳에서는 예측할 수 없거나 통제할 수 없는 모든 것들에 대해 조급해하거나 스트레스를 받지 않게 살려고 합니다. 그것이 정답인 것 같아서요.

물론, 서울이나 뉴욕 같은 대도시에서 살다 온 사람에게는 이런 '나이로비 라이프'가 엄청 불편하고 불안합니다. 고도화된 문명의 시스템은 우리에게 '예측 가능한' 많은 것들을 선물하니까요. 휴대전화만 켜면 목적지까지 가는 수많은 방법과 예상시간을 알려줍니다. 내비게이션은 친절하게 실시간 교통상황 안내까지 해줍니다. 혹시라도 약속시간에 늦으면 문자나 카톡으로 미리 알려주면 되지요. 때문에 일상에서 세우는 사소한 계획들은 거의 다 지켜지거나 지켜지지 않더라도 오차범위가 크지 않습니다. 그렇게 살다가 나이로비에 오면 스트레스를 받을 수밖에 없습니다. 무력감을 느끼거나 화를 내는 경우도 많지요.

그러나 생각해보면, 삶이라는 것 자체가 본래 예상하기 힘들지 않던가요. 인생은 정시에 맞춰 오는 지하철이 아닙니다. 세상은 예측대로 안 흘러가는 게 정상입니다. 사람도, 일도, 환경도 내 마음대로 안 되는 게 당연합니다. 대도시의 삶도 마찬가지지요. 시스템은 안정됐지만 그만큼 불확실성도 커졌습니다. 서로가 워낙 밀접하게 연결되어 있어서 한 가지 사건사고가 연쇄반응을 일으킵니다. 바다 건너 미국의 금융위기가 내 주식을 휴지조각으로 만들고, 하루아침에 나를 실직자로 만들 수도 있습니다. 언제 어디서 무슨 일이 터질지 모른다는 것은, 나이로비나 서울이나 사실 크게 다르지 않습니다.

다만 우리는 조금 착각하며 사는 것일 뿐입니다. 정각에 안 오면 이상한 지하철처럼, 계획하면 그대로 실행되어야 하고, 꿈을 꾸면 그대로 이루어져야 하고, 목표를 세우면 달성되어야 한다고요. 본래 우리의 인생이 '나이로비 라이프'임에도 불구하고. 그래서 쉽게 무력해지거나, 화를 내거나 좌절합니다. 마치 나이로비에 처음 와본 사람처럼 말이죠.

예측 가능한 삶은 우리에게 편안함과 안정감을 줍니다. 대신 우리가 본래 갖고 있던 '야성'을 빼앗아 가지요. 매일매일이 다이나믹한 나이로비에서 살아가려면 엄청난 창의력과 용기, 도전정신이 필요합니다. 갖춰진 시스템이 없으니 사소한 것부터 스스로 만들고, 찾고, 부딪쳐야 해결됩니다. 다양한 문화권에서 살아보니, 예측 불가능한 일상을 사는 일이 사람을 얼마나 바짝 긴장하게 하는지 잘 알게 되었습니다. 그러나 그 덕분에 제 속에 있던 강한 생명력을 깨울 수 있었지요.

그 야성과 생명력을 깨운 저는, 지금은 세계 어디에 가도 편안합니다. 예측 불가능한 상황이 일어나도 별로 놀라거나 허둥대지 않습니다. 지금은 불확실한 나이로비의 생활조차 어느 정도 컨트롤이 됩니다. 이쯤 되면 인생의 수많은 사건사고 정도는 그저 '일상'일 뿐이지요. 나이로비가 저를 늘 겸손하게, 한 발짝 물러나서 삶을 바라보게 해주었으니까요.

'그래, 원래 인생은 내 마음대로 안 되는 게 정상이야.'

얼마 전에는 호주에 다녀왔습니다. 처음에는 그 아름답고 깨끗한 나라가 좋았는데 며칠 지나니까 지루하고 재미가 없었습니다. 빨리 아프리카로 돌아가고 싶을 정도로. 어떻게 버스가 시간에 딱딱 맞춰 도착할 수 있나요. 가다가 타이어라도 하나 터져줘야 운전사 아저씨랑 수다라도 떨 텐데요. 문밖으로 나가면 오늘 내게 어떤 일이 생길지 알 수 없는 도시. 우리네 인생을 꼭 빼닮은 곳. 그래서 저는 나이로비가 참 좋습니다.

아프리카에 살면서 좋은 점은 종종 사파리에 갈 기회가 생긴다는 것입니다. '동물의 왕국'에 나올 법한 야생동물들을 실제로 보는 것은 언제나 신 나는 일이지요. 한번은 케냐에 온 지 얼마 안 됐을 때 야간 사파리를 한 적이 있었습니다. 석양이 진 후에 어둑해진 벌판에서 야생동물들을 찾아다니는 것은 생각보다 훨씬 스릴(?) 있더군요.

아니나 다를까. 일행을 실은 랜드크루저가 어느 지점에서 시동을 껐습니다. 가이드가 낮은 목소리로 주의를 줍니다.

"지금은 사진을 찍거나 소리를 내면 안 됩니다. 다들 움직이지 말고 가만히 있어요!"

잠시 후, 자동차 헤드라이트 앞에 어슬렁거리는 사자들이 선명하게 보입니다. 관광객들은 다 같이 숨이라도 멎은 듯, 제자리에 얼어붙었습니다.

　지붕도 없는 사파리 전용차를 타고 다니다 막상 코앞에서 사자나 치타를 보면 어떤 기분이 들까요? 솔직히 신기함이나 흥분보다는 덤벼들까 무섭습니다. 게다가 지금은 깜깜한 밤. 어둠 속에서 갑자기 뭐가 튀어나올지 모르니, 그 두려움은 몇 배가 되지요.

　사자들은 자기 영역에 나타난 커다란 물체를 향해 다가와 킁킁거립니다. 그러고는 이쪽에서 저쪽으로 한 바퀴 돌아보더니 아무 일 없다는 듯 어둠 속으로 사라져버렸습니다. 사자들이 가고 난 후에야, 가이드가 방금 전의 상황을 설명해줍니다.

　"사자는 상대가 나타나면 몸집을 비교해봅니다. 조금 전 사자들은 이 자동차와 사람들까지 포함해 몸집이 아주 큰 어떤 동물로 인식했습니다. 그래서 공격하지 않고 돌아서 간 것이지요."

　그 캄캄한 어둠 속에서 저도 모르게 사자와 한판 '기 싸움'을 벌였던 셈입니다.

　"저기, 거기 혼자 있지 말고 이쪽으로 와봐요."

　점잖게 생긴 중년 여성 몇 분이 혼자 앉아 있는 저를 가까이 오라며 불렀습니다.

　"그런데, 이곳에 온 지 얼마나 됐다고 했지?"

　옆에 있던 분이 제게 물었습니다. 다리를 꼬고 얼굴은 저쪽으로 둔 채 시선만 돌려서. 대답하기 위해 저는 그분을 올려다볼 수밖에 없었습니다. 우리 둘의 시선은 만날 수 없었습니다.

"한 달 정도 됐습니다."

"그래요? 얼마 안 됐네."

그분의 말끝이 묘하게 올라간 것처럼 느껴져 한마디 덧붙였습니다.

"실은 1990년에 보츠와나로 가서 거기서 14년 정도 일을 했습니다."

그러자 그분은 다른 질문을 했습니다.

"그럼, 학교는 어디를…?"

두 번째 질문으로 갑자기 출신학교를 묻습니다. 교민 모임에서 처음 만난 사람과의 대화치고는 뭔가 단계가 많이 생략된 느낌입니다. 아직 그분과 저는 통성명조차 하지 않은 상태였으니까요. 당황스러웠지만 최대한 예의를 갖춰 사실대로 말씀드렸습니다. 그러자 그분은 시선을 돌리더니 입을 닫았습니다. 그렇게 대화는 끝나 버렸지요.

저는 그분을 보면서 사파리에서 마주친 사자를 떠올렸습니다.

'밀림의 왕 사자처럼 저분도 이쪽 세계에서는 꽤나 높은 분이구나. 그리고 사자처럼 그녀의 영역에 처음 나타난 나와 크기를 재봤구나.'

서로의 몸집을 재는 것은 동물이나 인간이나 마찬가지입니다. 우리는 모두 처음 만난 상대와 은근하게 '기 싸움'을 벌입니다. 나보다 뛰어난지 못한지 무의식적으로 비교해보는 것이죠. 그래서 나보다 괜찮으면 위축되고 못하면 우월감을 느낍니다. 특별히 속이 좁아서가 아니라 인간이라면 누구나 느끼는 자연스러운 본능입니다.

그러나 여기서 인간이 동물과 다른 점이 하나 있습니다. 동물들은 자신이 위협당하거나 배가 고플 때만 공격을 한다는 것이죠. 사자가 자신의 존재감을 과시하기 위해 지나가는 얼룩말에게 괜히 으르렁거리지는 않습니다. 코끼리가 자신의 덩치를 자랑하기 위해 일부러 토끼를 불러 겁을 주는 일도 없지요.

그러나 사람은 다릅니다. 때로는 자신보다 약한 존재 앞에서도 힘을 내세우려고 하지요. 자신에게 전혀 위협적이지 않아도, 아무런 이해관계가 없어도 일단 찍어 누르고 봐야 직성이 풀리는 이들이 있습니다. 만만해 보일수록 공격은 거칠어지지요.

저는 몇 차례 사파리를 하면서 야생의 세계를 가까이에서 보았습니다. 그동안 제 머릿속 '동물의 세계'는 약육강식, 적자생존이 전부였습니다. 사자는 얼룩말을 잡아먹고, 늑대는 당연히 토끼를 잡아먹는 세상. 그런데 자세히 들여다보니 자연에는 그것만 있는 것이 아니었습니다. 동물들의 세계에도 '공생공존'이라는 시스템이 있습니다.

초원을 다니다 보면 영양 떼와 원숭이 떼는 항상 어울려 다닙니다. 원숭이가 높은 곳에 있는 나무열매를 따서 영양에게 던져주면 영양이 열심히 받아먹습니다. 그러면 원숭이가 다시 영양의 배설물에서 나온 부드러운 씨앗을 골라 먹습니다. 딱딱한 열매껍질은 영양이 먹고 부드러운 씨앗은 원숭이가 나눠 먹는 것이지요. 그래서 원숭이가 모여 있는 곳에는 반드시 영양 떼가 있기 마련입니다.

얼룩말과 기린도 마찬가지입니다. 이 둘은 꼭 붙어 다닙니다. 얼룩말은 키가 작으니 멀리서 오는 적을 알아챌 수가 없습니다. 그래서 기린 옆에 꼭 붙어 있다가 기린이 움찔하면 후다닥 뛰기 시작합니다. 기린도 주변에 수많은 얼룩말들이 함께 망을 봐주니 혼자 다니는 것보다 훨씬 덜 위험하지요. '서로가 도와야 산다.' 그것이 바로 제가 목격한 '정글의 법칙'이었습니다.

사람 사는 세상도 마찬가지입니다. 지혜로운 이들은 함부로 밀림의 왕을 흉내 내지 않습니다. 약한 이들 앞에서 세를 과시하거나 위협하지 않지요. 얼룩말처럼 기꺼이 힘들고 어려울 때 곁을 지켜주는 동료로 살아갑니다. '상생'이야말로 거스를 수 없는 자연의 순리이니까요.

아무것도 안 해도
괜찮아

"선생님, 보츠와나 가실 때 저희도 같이 가면 안 될까요? 이때가 아니면 언제 아프리카에 가보겠어요?"

미국에서 공부를 마치고 잠시 한국에 머물 때였습니다. 함께 소모임에서 공부하던 이들과 한창 수다를 떨다가 아프리카 얘기가 나왔습니다. "오랜만에 보츠와나에 가볼까 생각 중이야."라고 말했더니 옆에 있던 두 여자가 손을 번쩍 들었습니다. 함께 데려가 달라고요. 저는 그 자리에서 바로 "오케이!"를 외쳤습니다. 사실 저도 혼자 가기 심심해서 고민하던 중이었거든요. 그런데 동행이 2명이나 생겼으니 망설일 이유가 없었습니다. 그렇게 2011년 9월, 저는 그리운 아프리카로 여행을 떠났습니다.

확실히 여자 셋이 다니니까 겁날 것이 없더군요. 보츠와나에 도착하자마자 우리는 야간버스를 타고 밤새 초베로 갔습니다. 다음날 사파리 여행과 함께 빅토리아 폭포를 돌아보았습니다. 그 후 다시 가보로네와 굿 호프로 내려와 바롤롱 부족의 대추장님과 3시간이나 면담을 했지요. 당나귀가 끄는 마차로 마을을 한 바퀴 돌아보기도 했습니다.

그렇게 보츠와나 여행을 마친 뒤, 우리는 남아프리카 공화국에서 한 달 정도 더 머물기로 했습니다. 그동안 일행 중 한 사람은 직장일로 먼저 돌아갔고 나머지 한 사람은 저와 함께 지냈지요. 남은 K씨는 간호사로 10여 년 이상 근무한 병원에 사표를 내고 온 터라 금방 돌아가지 않아도 됐거든요.

그런데 안타깝게도 남아공은 치안이 좋지 않아 마음대로 바깥에 돌아다닐 수가 없었습니다. 그러다 보니 숙소에서 무료하게 지내는 날이 많았지요. 인터넷은 물론이고 TV, 심지어 라디오도 없으니 정말 아무것도 할 것이 없었습니다. 하루 종일 둘이 빈둥빈둥 지냈지요.

저야 보츠와나에서 14년 동안 이미 심심함과 친구가 된 터라 오히려 그 무료한 시간을 편히 즐길 수 있었지만 K씨는 그렇지 않았습니다. 하루하루 무료함에 지쳐갔지요. 게다가 같이 왔던 친구마저 한국으로 돌아가자 기운이 빠져버린 듯했습니다. 그러던 어느 날, 그녀가 작심한 듯 속 얘기를 털어놓았습니다.

"선생님, 친구가 가고 난 후부터는 잠이 안 오고 마음이 불안하네요."

혼자 자는 게 무서우면 방을 같이 쓰자고 하니 그것 때문은 아니랍니다. K씨의 불안은 좀 더 본질적인 것이었지요.

"사실, 제가 불안한 것은 이렇게 아무것도 안 하고 하루 종일 지내기 때문인 것 같아요. 주는 밥 먹고, 빈둥거리다가 잠자고. 마치 제가 쓸모없어진 느낌이랄까요. 이렇게 아무것도 안 하고 살아도 괜찮은지…, 뭐라도 해야 할 것만 같은데…."

저는 그녀의 불안함이 충분히 이해됐습니다. K씨는 대학을 졸업한 뒤 10여 년 이상 직장에서 단 한 번의 휴가도 없이 달리며 살아왔습니다. 늘 바쁘게 짜여진 스케줄대로 살아오던 사람이 하루이틀도 아니고 3주째 아무것도 하지 않고 있으니, 오히려 불안하지 않으면 그게 더 이상한 일이지요. 시간을 낭비하는 것 같고, 게을러진 것 같고, 이렇게 살아도 되나 싶은 것 말입니다. 여행이라고는 하지만 뭔가 생산적이고, '남는 게 있어야 한다'는 생각 때문에 마음 편히 쉴 수가 없었던 것입니다. 저도 그 기분을 잘 알기 때문에 웃으며 말했지요.

"왜 아무것도 안 한다고 생각해요? 지금 엄청나게 중요한 일을 하고 있는데?"

그녀가 무슨 말이냐는 듯 눈을 크게 떴습니다.

"인생에서 처음으로 '아무것도 안 하기'를 하고 있잖아요? 지금까지 너무나 바쁘게 살아온 자신에게 시간을 주기 위해 이곳까지 온 것 아닌가요? 그렇다면 지금 엄청 중요한 일을 하고 있는 중이죠. 게다가 한국사람 중에 보츠와나랑 남아공을 한 번에 여행하는 사람이 얼마나 되겠어요. 그것도 저랑 같이(!). 그것만으로도 굉장한 일을 하는 셈인데요."

그녀는 제가 하는 말을 곱씹어 보더니 "아하, 그렇게 생각할 수도 있겠네요." 하며 금세 얼굴이 밝아졌습니다. 다음 날 아침에 만난 K씨는 간밤에 아주 잘 잤다며 당분간 '아무것도 안 하는 것'을 열심히(?) 하기로 결심했답니다.

우리는 몸과 마음이 조금도 쉬지 않고 무엇인가를 해야만 하는 시대에 살고 있습니다. 한순간이라도 가만히 있으면 불안해지고 공허해집니다. 손에는 스마트폰이 떠나질 않고 한 가지 일도 모자라 서너 가지 일을 한꺼번에 하면서 살고 있습니다. 멀티태스킹multi-tasking을 해야 마치 능력 있는 사람인 것처럼, 생산력이 좋은 사람인 것처럼, 느껴집니다. 나의 쓸모, 즉 생산력이야말로 나의 가치를 인정받는 척도가 됐습니다. 그래서 지금 무엇인가를 하지 않으면 도태될 것 같고, 경쟁에서 뒤처질 것 같고, 존재감이 없어질 것 같습니다. 그래서 우리는 일을 통해 '나의 쓸모'를 계속 증명해야 안심이 되고 덜 불안해지는지도 모릅니다.

그러나 저는 칼라하리 사막에서 배웠습니다. 인간은 '아무것도 안 해도 이미 그것으로 충분한 존재'라는 것을요. 무엇인가를 하지 않아도 그저 가만히만 있어도 인간이라는 존재의 무게가 참으로 무겁다는 것도 깨우쳤습니다. 오늘 하루를 무사히 살아낸 것만으로도 우리는 인생에서 가장 중요한 일을 한 것입니다.

지금 우리가 쉬지 않고 하는 일들도, 내 쓸모를 증명해온 수많은 성과들도 시간이 지나면 다 흩어집니다. 짧으면 1주일 안에 사라지기도 하고, 길어도 한 세대를 넘기지 못하는 것이 대부분입니다. 영겁의 시간을 살아온 자연의 입장에서 인간을 보면 들판에 피어 있는 들꽃과 다를 바가 없습니다. 자연에게는 들꽃이 어떤 성과를 냈는지, 어떤 목표를 달성했는지 중요하지 않습니다. 다만 그 들꽃이 지금 여기 피었다는 것, 그 자체가 의미 있을 뿐이겠지요.

만약 생산적인 일을 해야만 존재의 가치를 인정받을 수 있다면 이제 막 태어난 아기들이나 어린이들, 돌봄이 필요한 어르신들과 극심한 정신적, 신체적 장애로 아무것도 할 수 없는 사람들은 무가치한 존재라는 얘기나 다름없습니다. 지구에 사는 70억 인구 중에 최소한 30억은 하루에 한 끼도 먹을 수 없는 최악의 빈곤에 시달리고 있습니다. 그렇다고 전 지구인의 절반이나 되는 그들의 삶이 무가치하다고 말할 수 있을까요? 이처럼 쓸모 혹은 생산성이라는 것은 인간 존재에 있어서 본질적인 요소가 아닙니다. 본질적인 것처럼 누구나 말하고 인정하는 것에 익숙해져 있을 뿐이지요.

이곳 나이로비는 1년 내내 봄가을 날씨입니다. 화창한 날에는 집 앞 정원에 의자를 가져다 두고 흘러가는 구름을 봅니다. 몇 시간이고 빈둥거리며 마음껏 심심함을 즐깁니다. 그러다 졸리면 낮잠을 자기도 하지요. 많은 사람들이 저를 워커홀릭으로 보는 경향이 있는데, 전혀 그렇지 않습니다. 일이 있으면 열심히 하지만, 없으면 신 나게 게으름을 부립니다. 저에게는 오늘 하루를 기쁘고 감사하게 사는 것이 가장 중요한 '일'이니까요.

섞일 수 없는 물과 기름도 병에 넣고 마구 흔들면 뒤엉킵니다. 무엇이 기름이고 물인지 구분이 제대로 안 됩니다. 우리가 살아가는 모습도 마찬가지지요. 본질과 비非본질이 한데 섞여 희뿌연 상태로 살아갑니다. 그래서 일상의 소중함이 보이지 않고 내 가치도 제대로 보이지 않습니다. 뒤엉킨 물과 기름을 분리하는 가장 좋은 방법은 무엇일까요? 그저 가만히 놔두는 것입니다. 괴롭히지 말고 흔들지 말고, 그냥 그대로 두면 됩니다.

살아가면서 마음 깊은 곳에서 불안이 느껴질 때는, 굳이 그것을 극복하기 위해 무엇인가 하려고 애쓰지 마세요. 그건 자신을 가만히 놓아둘 시간이 필요하다는 신호일지도 모릅니다. 아무것도 하지 않는 나, 아무것도 없는 나를 만나고 싶다는 내 안의 목소리일지도 모릅니다. 특히 그동안 자신의 가치를 회사나 조직 안에서 인정받는 것으로 확인하는 데 익숙해진 사람이라면, 인생에서 한 번쯤은 아무것도 하지 않아도 충분한 순간, 살아 있는 것만으로 충분한 순간을 꼭 만나보시길 바랍니다.

내가 살고 싶은 인생은
어떤 인생인가?

어느 날, 집에 손님이 한 분 찾아왔습니다. 고맙게도(?) 잘생긴 청년입니다. 그가 서투른 영어로 집에 찾아온 이유를 설명합니다. 수도계량기를 검침하러 왔다고요. 바쁠 일 없는 아프리카 사람들은 집에 찾아온 손님에게 물 한잔을 대접하며 수다를 떨기 마련입니다. 저도 간만에 찾아온 손님을 그냥 보내기 아쉬워 음료수를 권했습니다. 그리고 제가 아는 모든 스와힐리어를 동원해 대화를 나눠보았지요.

그의 이름은 제임스. 뚜렷한 얼굴 윤곽이 뭔가 예사롭지 않다고 느꼈는데, 알고 보니 '마사이족'이었습니다. 옛날로 치면 용맹하기로 유명한 '마사이 전사'가 제 앞에 서 있는 셈입니다. 비록 창 대신 볼펜을 들기는 했지만요.

그는 2년 전, 고향에서 소를 몰고 나이로비로 나왔다가 주변 사람들이 직업을 구해줘 그대로 눌러살게 됐다고 합니다. 우직하고 시키는 일은 곧잘 하는 시골 청년을 도시 사람들이 붙잡은 것이지요. 고향에서 초등학교도 마치지 못한 25세의 청년은 영어를 거의 눈치로 알아듣고 있었습니다. 제일 하고 싶은 일이 무엇인지 물어보니, 영어를 배우고 싶다고 합니다.

"마침 저는 스와힐리어를 배워야 하니 서로 학생하고 선생이 돼주면 어때요?"

이렇게 해서 제임스와 저는 서로에게 영어와 스와힐리어 과외를 해주는 사이가 되었습니다. 그와 대화를 나누다 보니 자연스럽게 마사이 부족에 대해서도 알게 되었지요.

넓은 벌판에 무리 지어 있는 동물들을 멀리서 바라보면 마치 여기저기 점들이 모여 있는 것 같습니다. 그곳이 바로 '마사이마라.' 케냐의 대표적인 야생동물 지역입니다. 케냐까지 와서 마사이마라에 가지 않는 것은 마치 파리에 와서 에펠탑을 보지 않는 것과 같습니다. 케냐의 서쪽과 탄자니아의 동북쪽 국경선을 경계로 나누어진 마사이마라 지역은 국경에 관계없이 거대한 야생동물들의 천국입니다. 건기와 우기에 따라서 엄청난 수의 야생동물들이 케냐와 탄자니아를 오가며 살아갑니다. 또한 이곳은 오래전부터 동아프리카를 장악하던 최대의 전사부족, 마사이족의 터전이기도 합니다.

마사이 부족은 전통을 고수하려는 고집이 대단합니다. 워낙 '전사'라는 자부심이 강해 외부의 도움이나 문명의 손길도 거부해왔지요. 오랫동안 아프리카에서 일했던 선교사들도 두 손을 들 정도이고, 케냐와 탄자니아 정부조차도 감히 건드리지 못합니다. 덕분에 마사이 부족은 여권 없이도 국경을 자유로이 오갈 수 있지요.

생활하는 모습도 옛날 그대로입니다. 집은 나뭇가지를 꺾어 얼기설기 짓고 벽은 소똥과 진흙을 섞어 바릅니다. 이렇게 대충 살다가 가뭄이 몇 년째 이어지면 다른 곳으로 이동하면 그만이니까요. 요즘 일부 지역에는 농사짓는 마사이 부족도 있고, 농경지를 소유하고 정착하는 사람들도 늘어나고 있습니다. 하지만 수천 년간 유전자에 새겨져 내려온 유목의 기질이 갑자기 사라질 리는 없지요. 잠깐 정착했다가도 가뭄이 들면 다시 떠나는 이들이 많습니다. 소가 먹을 물이 없으면 생활이 아예 불가능하니까요. 요즘도 물이 부족해지면 부족 간에 전쟁이 벌어져 수십 명씩 죽기도 합니다.

마사이 부족의 남자들은 패션 감각이 남다릅니다. 화려한 원색과 빨간색 바탕의 체크 무늬 천을 온몸에 둘러 입고 그 위에 각종 비즈로 만든 목걸이와 귀걸이, 팔찌로 멋을 내지요. 이들은 도통 집안일은 하지 않습니다. 소를 지켜야 하고 바깥에서 적이 쳐들어오는지 살펴야 하기 때문입니다. 그러다 보니 부인 1명으로는 집안일이 감당이 안 된다고 합니다. 보통 둘째, 셋째, 넷째 부인을 두는데, 서로 시기하거나 질투하지 않고 정확한 계율과 질서에 따라 가정을 유지해 나갑니다. 유목 사회에서 가족과 소들을 지키기 위해 만들어진 삶의 형태인 것이지요.

마사이족 남자아이들은 어릴 때부터 벌판에서 뛰어놀면서 사냥하는 법을 배우며 자랍니다. 엄격한 규율에 따라서 성인식을 하고 그 전통 안에서 부족을 유지합니다. 여자아이들은 3~4세에 아버지들끼리 혼처를 정해서 약혼을 하고 초경을 할 무렵인 12~13세에 시집을 보냅니다. 그러다 보니 마사이족 여자아이들 중에 초등학교에 입학하는 아이의 비율이 30% 정도밖에 안 됩니다. 반면 요즘 들어 남자아이들은 대부분 중학교까지는 보낸다고 합니다.

마사이족의 기본 생활양식은 '적자생존'입니다. 제가 아는 한 NGO 활동가가 마사이족의 장애 인구를 조사했는데, 일반적으로는 100명에 10명 정도인데 반해 마사이족은 100명 중 4명에 불과했습니다. 이마저도 전부 성인이 된 이후에 사고를 당해 장애를 갖게 된 경우이고, 장애를 가진 어린아이들은 없었습니다. 몸에 기형이 있거나 선천적인 문제를 갖고 태어난 아이들을 치료하지 않고 방치하기 때문입니다. 부족과 소를 지켜낼 강한 자만이 살아남을 수 있다는 것이지요.

그러나 요즘 같은 시대에 소만 키워서는 먹고살기가 쉽지 않습니다. 그래서 마사이족 남자들은 '신종 아르바이트'를 하고 있습니다. 최근에 현지조사차 몇 차례 탄자니아의 잔지바르 섬에 다녀온 적이 있습니다. 아프리카의 '발리'라고 할 정도로 대표적인 휴양지입니다. 유럽의 부자들을 겨냥한 각종 럭셔리 리조트가 줄지어 있는 곳이지요. 이곳에서 저는 신기한 구경을 했습니다. 바닷가를 걷고 있는데 5m 간격으로 전통 복장을 한 마사이 전사들이 서 있는 것입니다. 뜬금없이 바닷가에 웬 마사이족이 떼로 모여 있나 했더니 다 이유가 있었습니다. 그들은 리조트에 고용된 '경비원'들이었습니다.

아프리카에 여행을 오는 백인들이나 관광객들은 치안문제에 대해 심각하게 걱정합니다. 때문에 관련 사업을 하는 이들은 고객들의 불안을 해소하기 위해 최대한 많은 수의 경비원들을 고용합니다. 그런 면에서 영어가 잘 안 되긴 하지만 충성스럽고 용감한 마사이 청년들이 이 일에 적격입니다. 도둑들도 마사이 전사라면 겁을 낼 정도니까요.

게다가 외국인 관광객들의 눈에는 말로만 듣던 마사이족을 직접 본다는 면에서 또 하나의 볼거리가 됩니다. 실제로 밤이 되면 낮에 경비를 서던 청년들이 팀을 이루어 마사이 전통춤을 선보입니다. 공연을 마치면 식사를 시작하기 전에 마사이 부족이 만든 각종 비즈 공예품과 장신구를 팔기도 하지요. 고용주 입장에서는 그야말로 일석삼조가 아닐 수 없습니다.

마사이 청년들의 입장에서도 리조트에서 몇 달만 열심히 일하면 제법 큰 돈을 벌 수 있으니 마다할 이유가 없습니다. 용맹하게 부족과 소를 지키던 이들이 지금은 백인 관광객을 지킨다는 점이 달라지긴 했지만 말이죠.

재미있는 것은 이들의 허리춤에 스마트폰이 하나씩 달려 있다는 사실입니다. 마사이 전사들도 우리처럼 친구들과 문자메시지를 주고받고 페이스북을 합니다. 그러나 고향에 돌아가면 수백 년 전의 모습 그대로 사냥을 하고 소를 키우지요. 어지러울 정도의 시간여행을 하는 셈입니다. 그렇게 마사이 청년들은 지금 100년 이상의 시간 간극 속에서 살아가고 있습니다.

제 앞에 앉아 있는 제임스도 마찬가지입니다. 그는 도시에서 만난 여자친구가 있고 그녀와 결혼하길 원한다고 말했습니다.

"결혼하면 어디서 살 생각인데요?"

"나이로비도 좋지만 고향으로 돌아가고 싶어요. 하지만 고향에 돌아가면 아이들이 저처럼 영어를 못하게 될 것 같아서, 어떻게 해야 할지 모르겠네요."

아직 결혼도 안 한 마사이 청년은 벌써부터 자녀교육을 걱정하고 있었습니다. 제임스처럼 아프리카의 많은 청년들이 새로운 문명과 환경 속에서 고민하고 있습니다. 아무리 마사이족이 전통을 강하게 고집한다지만 청년세대는 부모세대가 요구하는 삶의 방식에서 점차 벗어나고 있습니다.

그들은 일부다처제를 고수하고 일찍 결혼하는 전통이 더 이상 매력적이지 않다는 것도 알고 있습니다. 수많은 청년들이 도시로 나와 직업을 얻고, 월급을 받고, 운전과 영어를 배웁니다. 스마트폰을 손에 들고 뭔가 더 재미있는 일, 더 많은 돈을 벌 수 있는 일이 없는지 찾아다닙니다.

제임스는 마사이 벌판에서 키웠던 생존능력을 이 도시에서 발휘하고 있습니다. 이곳에서 살아남으려면 영어실력이 매우 중요하다는 것도 잘 압니다. 그의 부모는 아마 상상조차 못했겠지요. 아들이 마사이 전사가 아닌 도시의 소시민으로 살아가는 모습을. 때로 전통과 현대는 한 가족 안에서도 격렬한 충돌을 일으키기도 합니다. 이는 비단 마사이족만의 고민은 아닙니다. 50여 년 만에 압축 성장을 이룬 한국에서도 벌어지고 있는 일이지요. 안정을 원하는 부모세대는 직업선택에 대해서 여전히 생계가 기준이지만, 변화에 민감한 자녀들은 '원하는 일'이 먼저입니다. 그렇게 지금도 수많은 한국의 청년들이 부모가 정해준 길과 자신이 찾으려는 길 사이에서 갈등하고 있습니다.

삶이란 결국 '나는 왜 사는가?'에 대한 질문을 찾는 과정입니다. 서울의 대학생도 케냐의 제임스와 다르지 않습니다. '내가 살고 싶은 인생은 어떤 인생인가?'라는 질문이야말로 힘겨운 인생을 살아가는 데 큰 힘이 됩니다. 그것은 그 어떤 전통과 계율, 부모의 간섭으로도 막을 수 없는 인간의 본능 같은 것이지요.

도시에 나온 21세기 마사이는 이제 자기 스스로 어떻게 살아야 할지 결정하고 있습니다. 수백 년 이상의 시간 차이를 단번에 뛰어넘기는 힘들겠지요. 그러나 그들에게는 벌판에서 다져진 강인한 근육과 눈앞의 위험을 두려워하지 않는 용맹함이 있습니다. 제임스 역시 강인한 생명력으로 자신만의 길을 찾아가리라 믿습니다.

사람은
믿고 싶은 것만 믿는다

케냐에 오는 이들이 한 번쯤 꼭 가보려고 하는 곳. 바로 '키베라 슬럼Kibera slum'입니다. 나이로비 시내 중심가에서 5km 정도 떨어진 이곳은 100년의 역사를 가진 아프리카의 3대 슬럼으로 유명한 곳입니다. 외국인들에게는 가난한 아프리카, 굶주린 아프리카의 현실을 생생하게 보여주는 상징과도 같은 곳이지요. 이곳에서 일하는 서구의 NGO들 중에 '슬럼가 투어'를 하는 곳이 있을 정도입니다.

단, 투어에는 엄격한 규칙이 있습니다. 가방을 다 놓고, 카메라도 내려놓고, 손에 있는 시계, 반지 등은 모두 다 빼야 한다는 것입니다. 모든 소지품은 두고 몸만 가야 할 정도로 험악한 동네이기 때문이죠. 실제로 호기심에 들어갔다가 다 뺏기고 간신히 목숨만 건진 관광객들의 이야기가 심심치 않게 들리곤 합니다.

그럼에도 불구하고 오랜 세월 동안 키베라는 정부와 UN을 비롯한 비영리기구들의 다양한 활동무대가 되어왔습니다. 그만큼 이곳의 생활환경이 열악하기 때문이죠. 상하수도 시설이 없는 키베라의 상황을 단적으로 보여주는 것이 바로 '날아다니는 화장실flying toilet'입니다. 이곳 주민들은 비닐봉지에 용변을 본 다음 양철지붕에 던져버립니다. 뜨거운 햇빛에 서서히 마르다가 바람과 함께 날아가도록. 사정이 이렇다 보니 키베라를 한 번이라도 방문한 사람들은 그 열악함에 말로 형언할 수 없는 감정을 느끼게 됩니다. 가슴 깊은 곳에서 이들을 돕고 싶다는 생각이 저절로 들게 되지요.

케냐에 온 지 얼마 안 됐을 때, 한 교민도 제게 말했습니다.

"키베라에 꼭 한번 가보세요. 가보면 할 일이 정말 많을 겁니다. 아마, 케냐에 있는 비영리기구들은 대부분 키베라에서 한두 가지 이상의 사업을 하고 있을 거예요."

그때부터 저는 인터넷을 통해 키베라와 관련된 UN과 NGO들의 정보, 그리고 신문기사들을 꼼꼼히 읽어보기 시작했습니다. 그중에는 미국의 한 취재단이 쓴 연속기사도 있었습니다. 그런데 정작 기사보다 더 흥미로웠던 것은 그들의 취재후기였습니다. 기자들이 어느 날 저녁에 모여 토론을 하기 시작했습니다. 주제는 간단했습니다.

'키베라의 인구는 얼마인가?'

그들은 각자 취재한 대로, 혹은 추측한 대로 숫자를 말하기 시작했습니다. 누군가는 70만을 불렀고, 누군가는 100만, 누군가는 200만 명을 불렀습니다. 그들 중 한 사람은 이렇게 말했습니다.

"아마 한 500만… 정도?"

이 말을 듣던 한 기자가 옆에서 중얼거렸습니다.

"나이로비 전체 인구가 300만인데…?"

UN을 비롯한 전 세계의 수많은 NGO들이 키베라에서 일해온 세월만 수십 년입니다. 그러나 그 누구도 키베라의 인구가 정확히 얼마인지조차 알지 못합니다. 수십만에서 수백만까지, 말하는 사람마다 천차만별이지요. 공신력 있는 언론이나 논문, 심지어 UN자료에서도 키베라 슬럼에 약 100만 명 이상의 도시빈민이 살고 있다고 주장합니다. 나이로비 전체의 5%밖에 안 되는 면적에 100만 명이나 모여 산다는 사실은 이곳의 '비현실적인' 불행을 단적으로 보여줍니다. 키베라 바깥의 사람들은 대부분 이 숫자를 의심 없이 받아들이지요. 일단 전문가들의 이야기니까. 그리고 이곳은 그 어떤 비극도 충분히 일어날 수 있는 아프리카니까요.

그러나 제가 현지에서 1년 정도 지켜본 키베라의 현실은 조금 다릅니다. 100만이라는 숫자는 맞을 수도 있고 아닐 수도 있습니다. 키베라 외곽으로 연결된 주변의 슬럼가 4~5곳까지 합치면 100만 명 정도가 될 수도 있습니다. 그러나 키베라 슬럼만 콕 찍어서 헤아려보자면 얘기가 조금 달라집니다. 수년 전, 한 NGO가 키베라 지도를 만들기 위해 가가호호 조사를 한 적이 있는데, 그때 집계된 숫자가 25만 명이었습니다. 케냐 정부의 공식적인 통계는 17만 명 정도이고요. 워낙 유동인구가 많은 곳이니 넉넉잡아 생각하면 30만 명까지는 추산해볼 수 있겠지요. 제 생각에는 이 정도의 숫자가 논리적으로나 현실적으로나 합당해 보입니다.

30만 명과 100만 명. '소문 속의 키베라'와 '현실의 키베라'가 다른 것이 과연 이것뿐일까요? 수많은 이들이 키베라에 직접 가보고 주민들이 얼마나 비참하게 살고 있는지 증언합니다. 그러나 그들이 본 것은 전체일 수도 있고, 일부분일 수도 있습니다. 분명한 것은 이렇게 쌓인 각종 팩트와 정보들이 키베라 슬럼만큼이나 거대한 진실이 되었다는 것입니다. 모두가 믿는 진실 혹은 믿고 싶은 진실.

도심 한복판에 끝없이 펼쳐진 슬럼가. 키베라는 눈앞에 분명히 보이는 실체이지만 제게는 안갯속에 휩싸인 '전설'처럼 느껴지기도 합니다. 모두가 보았다고 하고, 모두가 자신이 본 것이 진짜라고 말합니다. 그러나 진실은 쉽게 찾을 수 없을지도 모릅니다. 사람들의 머릿속에 키베라라는 이름의 '상상의 슬럼'이 이미 자리 잡고 있는 한.

사람들은 자신이 보고 싶은 것만 봅니다. 그리고 믿고 싶은 것만 믿지요. 아프리카에 오기도 전에, 케냐 땅을 밟기도 전에, 키베라에 직접 가보기도 전에, 이미 마음속에 최악의 가난과 불행을 그려냅니다.

그리고 현장에서 다시 확인합니다.

'역시 내 예상이 맞아. 아프리카는 미개해. 이곳 사람들은 정말 가난하고 불쌍하구나.'

물론 키베라는 지금도 도움의 손길이 필요하고, 수많은 활동가들이 위험을 무릅쓰고 일하고 있다는 사실은 분명합니다. 그러나 그 안에도 변화가 있고 희망이 있습니다. '최악' 혹은 '비참'이라는 몇 단어로 키베라를 온전히 규정하거나 설명할 수 있을까요?

게다가 키베라 역시 나이로비의 일부, 아프리카의 한 조각일 뿐입니다. 나이로비에는 뉴욕을 방불케 하는 고층 빌딩숲도 있고, 인근에는 나이로비 시내 중심가의 크기와 맞먹는 거대한 국립공원도 있습니다. 그리고 아프리카의 미래를 만들어가는 수많은 사람들이 곳곳에서 열심히 활동하고 있습니다.

우리는 똑같은 것을 보아도 사람마다 전혀 다르게 해석하곤 합니다. 누군가 먼저 만들어 놓은 전설 혹은 내가 만든 상상의 프레임에 갇히면, 눈앞의 현실마저 전혀 다르게 보이니까요. 그래서 저는 지금도 전설 속의 키베라가 아닌, 현실 속의 키베라를 찾고 있습니다. 마치 모자이크 조각을 맞추듯 하나하나, 조심스레.

운명에
지지 않기를

히잡을 쓴 소녀가 통나무 위에 앉아 있습니다. 소녀의 양손 아래에는 두툼한 점자책이 놓여 있습니다. 손가락으로 글씨를 읽으며 열심히 공부하고 있는 아이에게 방해가 될까 봐, 저는 그 곁을 조용히 지나치려 했습니다. 그런데 그러기에는 소녀가 너무 예쁩니다. 결국 호기심을 참지 못하고, 살금살금 다가가 그 옆에 앉아봅니다.

소녀는 제가 옆에 있는 것을 전혀 알지 못하는 듯 여전히 점자책에 빠져 있습니다. 팔을 살짝 잡자, 그제야 미소를 지으며 고개를 듭니다. 그런데 뜻밖의 말을 합니다.

"아까 저기서 캐서린이 지나가는 것을 보았어요."

"정말? 어떻게 알았니? 보이지도 않는데…."

"그래도 알 수 있다고요. 저는 마음으로 보니까요."

이쉬탈린은 제가 옆에 와 있는 것도 진작부터 알고 있었습니다. 조금 전에 멀찍이 에둘러 가려던 것까지도 다 보았다고 합니다. 시각장애인인 그녀는 손으로 공부를 하는 중에도 청각, 후각 등 온몸의 감각을 통해 주변을 읽고 있었던 것입니다. 만약 제가 인사도 없이 지나쳤다면 꽤나 서운할 뻔했습니다.

이쉬탈린은 올해 열다섯 살입니다. 그녀를 비롯한 소수의 소말리아 청소년들이 케냐의 맹학교로 유학을 와서 중등교육을 받고 있습니다. 그러다 우연한 기회에 이쉬탈린과 그녀의 친구 파튬과 나이마가 재단 사무실이자 숙소인 저희 집에서 하루를 같이 지내게 되었습니다. 이들 중 이쉬탈린과 파튬은 앞이 보이지 않는 맹인입니다. 파튬은 어려서 녹내장으로 시력을 잃었고, 태어나면서부터 눈이 보이지 않았던 이쉬탈린은 커다란 물체의 윤곽 정도만 아주 희미하게 알아보는 정도입니다. 정안인(正眼人, 비시각장애인)인 나이마는 이 두 소녀의 눈이 되어 친구들이 불편 없이 다닐 수 있도록 배려하고 있었습니다.

이 아이들은 소말리아에서는 중학생이었는데, 케냐로 유학을 오면서 이쉬탈린은 다시 초등학교에 들어갔고 파튬과 나이마는 중학교에 다니고 있습니다. 그러나 학력에 상관없이 소녀들은 모두 아라비아어, 스와힐리어, 그리고 영어까지 유창하게 합니다. 게다가 이쉬탈린과 파튬은 점자를 읽고 쓸 줄 압니다. 그러니 이 아이들에게는 보이지 않는 눈이 공부를 못하게 만드는 어떤 이유도 되지 못했습니다. 오히려 보이지 않기에 더 놀라운 집중력과 열정으로 세상을 배우고 있었습니다.

아이들과 함께했던 1박 2일 동안, 우리는 끊임없이 웃었습니다. 사춘기 소녀들은 어떤 이야기든 그저 즐겁습니다. 낙엽만 굴러가도 까르르거리니까요. 아이들과 한창 수다를 떨던 중, 이쉬탈린은 바다를 보는 게 소원이라고 말했습니다. 그러자 나이마가 한마디 합니다.

"얘, 너 모가디슈에 있을 때 바다에 가봤잖아. 이 세상 바다는 다 똑같아."

"그래도 케냐의 바다는 어떻게 생겼는지 보고 싶어."

"케냐 바다도 소말리아 바다와 다 똑같아. 그리고 너는 가도 바다를 볼 수 없을걸."

파툼이 현실감각이 부족한 친구를 걱정하듯 한소리 합니다. 그러나 이 정도에 물러설 이쉬탈린이 아닙니다.

"바다를 볼 수는 없지만, 파도 소리와 바람 소리는 얼마든지 들을 수 있어. 그리고 나는 마음으로 바다를 볼 수 있다고."

그녀의 말이 끝나자마자 아이들은 모두 박수를 치며 웃었습니다. 역시, 10대 소녀들입니다. 남의 집에 놀러 온 것이 아니라 마치 자기네 집 거실인 듯 수다 떨며 놀고 있습니다. 보는 것만으로도 기분이 좋아집니다. 워낙 밝고 말도 잘하니까 함께 있던 한국인 인턴직원은 몇 시간이 지나도록 소녀들이 시각장애인 줄 몰랐답니다. 저녁식사를 할 때쯤에야 알아차리고 미안해합니다.

까르르 웃는 아이들의 밝은 웃음소리가 제 마음속에 긴 울림을 남깁니다. 아마도 지금까지 소녀들이 항상 이렇게 웃으며 살아온 것은 아니었다는 것을 알아버렸기 때문이겠지요.

'소말리아'라고 하면 예전엔 배고픔, 가난이라는 단어가 먼저 떠올랐습니다. 그런데 요즘에는 그 위에 해적, 강도, 무법천지 등의 단어들까지 겹쳐집니다. 몇 차례 한국 선박을 납치했던 해적들의 본거지가 바로 소말리아지요.

참혹한 내전을 겪고도 지금까지 내분이 끝나지 않은 소말리아는 나라 전체가 크고 작은 세력으로 나누어졌습니다. 세력 간의 빈번한 다툼 때문에 소말리아 정부는 정상적인 국가의 역할을 수행하지 못하고 있습니다. 동아프리카에서도 소말리아는 '어떻게 해볼 도리가 없는 나라'로 낙인 찍혀버렸습니다. 나이로비에 UN 본부가 있는데, 직원들 중에 소말리아에 발령이 나면 대개는 그만둔다고 합니다. 그만큼 외부인들에게는 워낙 위험천만한 곳이고, 견디기 힘든 나라인 것이지요.

실제로 케냐에서 듣는 소말리아 소식은 마치 미국 서부영화에나 나올 법한 이야기들이 대부분입니다. 대낮에 권총을 든 남자들이 종교지도자를 쏘아 죽였다는 말을 들었을 때는 저도 정말 오싹하더군요. 어떤 얘기는 소설처럼 들리고, 또 어떤 얘기는 지나치게 뻥튀기가 되어 믿기 어려울 때도 있습니다.

분명한 것은 소수의 권력투쟁 때문에 대다수의 국민들이 고통받으며 살고 있다는 사실입니다. 그러나 워낙 무시무시한 존재라 제게도 건드리면 안 되는 지뢰처럼 최대한 멀리 거리를 두어야 하는 나라로 보였습니다. 그 근처에만 안 가면 위험하지 않을 거라고 스스로 믿고 싶었던 것이겠지요. 어쩌면 애써 의식하지 않으려고 했던 것 같습니다. 이 소녀들을 만나기 전까지는.

아이들은 슬픔을 걷어낸 듯 담담하게 제게 고향 이야기를 해주었습니다. 그리고 그곳에 살고 있는 가족에 대해서도 얘기해주었습니다. 너무나 당연한 사실을, 저는 그때서야 알았습니다. 우리에게는 해적 소굴일 뿐인 소말리아가 아이들에게는 돌아가야 할 고향이자, 가족과 친구가 살고 있는 그리운 땅이라는 것을.

아이들에게는 소말리아에서 태어났다는 원망도, 시각장애인으로 살아야 한다는 한탄도 없었습니다. 케냐 아이들의 텃세에 왕따를 당해도 슬퍼하지 않았습니다. 그저 이렇게 케냐로 와서 공부하게 된 것이 얼마나 큰 행운인가를 진지한 눈빛으로 이야기했습니다.

"여기서 열심히 공부해서 저희들처럼 어려운 소말리아 친구들을 돕고 싶어요."

아이들은 공부를 마치면 꼭 고향으로 돌아가겠다고 합니다. 굳이 그

험한 땅에 돌아가 가족과 친구들의 곁을 지키겠다고 합니다. 아이들의 말을 들으니 눈물이 핑 돌았습니다.

'예쁘다. 정말 예쁘다. 그 모질고 척박한 땅에, 아무도 돌보지 않는 그곳에 이렇게 예쁜 희망의 싹이 자라고 있었구나. 그것도 가장 약하고 힘없는 소녀들의 가녀린 두 손에서 싹을 틔웠구나.'

"내 작은 키를 너희들한테 보여주고 싶은데 그럴 수 없어 아쉽네."

저는 이 소녀들에게 134cm의 멋진(!) 제 모습을 보여주고 싶었습니다. 말로 전하는 용기보다 직접 저의 작은 키로 말하고 싶었으니까요.

"괜찮아요. 우리는 캐서린의 마음을 볼 수 있으니까요."

파튬이 재치 있게 답합니다. 정말 보면 볼수록 매력적인 소녀들입니다. 하룻밤을 자고 다음 날 아침에 우리는 넷이 꼭 붙어서 함께 기념사진을 찍었습니다. 아이들에게 히잡을 한번 써봐도 되냐고 청했습니다. 그러자 나이마가 하얀색 히잡을 건네주면서 말합니다.

"소말리아에서 온 우리들을 꼭 잊지 마세요."

저는 평생 처음 써본 히잡을 영원히 기억할 것입니다. 그리고 제 인생에서 처음 만난 소말리아 소녀들도. 이 아이들과 보낸 하루는 제 마음에 사람에 대한 사랑과 믿음, 미래에 대한 희망을 보탰습니다.

이 연약한 소녀들이 고향에 돌아가서 무엇을 할 수 있을지는 아무도 모릅니다. 다만 아이들이 진실을 가려 보는 마음의 눈으로 운명에, 고난에, 가난에 지지 않기를 기도합니다. 그리고 기다립니다. 언젠가 저도 소녀들이 건강하게 웃고 있는 소말리아에 가볼 수 있는 날이 꼭 오기를.

왼손과 오른손

"5세 정도 된 여자아이인데, 허벅지와 다리에 화상을 입었어요. 그런데 제때 치료를 받지 못해서 살이 거의 다 썩어갑니다. 당장 치료를 받아야 할 것 같습니다. 아이가 방치되어 있어요."

인근 슬럼가에 나가 있던 본부 직원이 급하게 전화를 했습니다. 사정을 들어보니 한시라도 빨리 치료를 해야 할 것 같습니다. 일단 아이의 상태를 살펴보기 위해 서둘러 출발했습니다.

그곳은 현지 거주민과 동행하지 않고서는 들어갈 수 없는 곳입니다. 강도며 도둑이 워낙 많아 위험하기 때문이지요. 케냐의 슬럼가에는 '몹 저스티스mob justice'라는 게 있습니다. 도둑질을 하다 걸리면 주변 사람들이 몰려와 그 자리에서 도둑을 때려죽이거나 불에 태워 죽이는 것을 일컫는 말입니다. 집에서 5분 거리에 있는 슬럼가에서 실제로 종종 일어나는 일입니다. 그러나 외국인을 상대로 도둑질을 하는 것은 아무도 신경 쓰지 않습니다. 때문에 이곳 나이로비에서 외국인으로 살아가려면 무조건 치안과 안전이 최우선입니다.

어렵게 들어간 슬럼가 안쪽에 아이의 집이 있었습니다. 시골에서 올라온 이주민들이 모여 사는 작은 집에 에벨린이 누워 있습니다. 한눈에 봐도 상처가 심각해 보였습니다. 뜨거운 물로 다리에 화상을 입었는데 환부가 벌어져 있고 상처는 썩어 들어가는 듯했습니다. 아이가 통증으로 신음하는데도 다친 곳에 공업용 기름을 발라놓은 게 처치의 전부입니다. 집에는 변변한 붕대나 소독약조차 없습니다. 다친 지 몇 달이나 지났는데도 첫날만 병원에 가고 지금까지 제대로 된 치료조차 받지 못했다고 합니다.

'어떻게 아이가 이 지경이 되도록 내버려둘 수 있나….'

처음에는 아이를 방치하다시피 한 에벨린의 부모가 답답하고 원망스럽기만 했습니다. 그러나 입장을 바꿔놓고 보니 이해가 됩니다. 우리가 볼 때는 당연한 일도, 그분들의 처지에서는 어떻게 해야 하는지 모를 수 있습니다. 제 부모님도 제가 어렸을 때 왜 키가 안 자라는지, 왜 척추가 비뚤어졌는지 모른 채 그저 불행한 아이가 태어났다고 한탄만 했으니까요. 누워 있는 에벨린을 보니 제 어린 시절이 떠올랐습니다. 아이가 감당하기에는 너무나 힘들었던 상처를 에벨린마저 겪게

할 수는 없었습니다. 한순간의 방관으로 아이가 다리를 잃어버리기라도 한다면…. 더 이상 지체할 시간이 없었습니다.

일단 저는 아이의 상처를 휴대전화로 사진을 찍어서 의사 선생님께 보냈습니다. 빨리 병원에 데리고 오라는 연락을 받은 후에, 에벨린의 부모님에게 동의를 구한 다음 바로 병원으로 옮겼습니다. 혹시 뼈에 이상이라도 있을까 봐, 걷는 데 지장이라도 생길까 봐, 다들 노심초사하는 표정들입니다. 의사가 한참 동안 에벨린의 상처를 살펴보더니 말했습니다.

"다행입니다. 살은 썩지 않았고 뼈도 정상이에요. 겉의 환부만 매일 잘 닦아주고 관리하면 금방 나을 겁니다."

함께 갔던 우리는 모두 가슴을 쓸어내렸습니다. 처방전대로 약을 사고 에벨린을 집까지 데려다주었습니다. 통증 때문에 힘들어하던 조그만 아이가 그제야 처음으로 미소를 짓더군요. 2주 뒤, 다시 찾아갔을 때 우리는 깜짝 놀랐습니다. 에벨린의 상처가 마치 요술처럼 잘 아물어 있었기 때문입니다. 어린아이인데다 좋은 약을 제때 발라주고 매일 소독해준 덕분인지, 끔찍하게 벌어졌던 환부가 거의 열흘 만에 깨끗이 아물었습니다.

그렇게 해서 몇 달 동안 침대에서 일어나지 못하던 아이가 지금은 방 안을 걸어 다닙니다. 에벨린의 엄마도 동네 사람들도 모두 '기적 같은 일'이라며 놀랐습니다. 그리고 다 함께 진심으로 기뻐했습니다.

에벨린의 엄마는 저를 붙잡고 끊임없이 "고맙습니다."라고 말했습니다. 가장 감동적인 것은 꼬마 아가씨의 인사였습니다. 에벨린은 말없이 제 손을 꼭 잡고, 차를 타는 곳까지 걸어서 배웅해주었습니다. 그 작은 손을 끝까지 놓지 않는 아이의 마음이 느껴졌습니다.

살다 보면 뜻하지 않게 누군가를 도울 수 있는 기회를 만납니다. 내 앞에 있는 이 아이는, 이 노숙자는, 이 할머니는 어쩌면 과거의 나일 수도 있고, 미래의 나 자신일 수도 있습니다. 슬럼가에서 만난 에벨린은 다섯 살짜리 김해영이었습니다. 내가 왜 다쳤는지, 왜 아픈지도 모른 채 어두운 방 안에서 웅크리고 있던 아이. 그 상처투성이였던 아이를 일으켜 세워 기술을 가르치고, 희망을 주었던 많은 이들 덕분에 저는 살 수 있었습니다. 그렇게 인연은 돌고 돌아 지금의 김해영은 과거의 저와 같은 이들을 도우며 살아갑니다.

생각해보면 도움을 받을 처지라고 슬퍼할 필요도, 도움을 줬다고 뿌듯해할 것도 없습니다. 왼손에 난 상처에 오른손이 약을 발라준다고 해서 왼손이 고맙다고 하지는 않으니까요. 타인을 치유함으로써 우리는 과거의 자신을, 그리고 미래의 자신을 돌보고 있는 중이니까요. 그렇게 우리 모두는, 생각보다 훨씬 더 촘촘하게 하나로 연결돼 있습니다.

사람이 사람을
버텨주는 힘

　나이로비에서 자동차로 2시간 정도 달리면 간군도라는 지역의 산자락에 작은 동네가 하나 있습니다. '키콘데니'라고 하는 조용한 산골마을이지요. 처음 방문했을 때는 깜깜한 밤이었는데 시간이 너무 늦어 더 이상 못 가고 하루를 묵어가게 됐습니다. 집 주인은 20년 전에 이웃마을에서 이 동네로 시집온 나오미라는 여성이었습니다. 이 집은 남편이 그녀를 위해 손수 지은 집이라고 하더군요. 크지는 않았지만 따뜻한 사랑이 느껴지는 집이었습니다. 나오미 씨도 처음 만나는 저를 반갑게 맞아주었지요.

　아침에 일찍 일어나 마을을 한 바퀴 둘러보는데 참 정겨웠습니다. 골짜기에서 올라오는 물안개가 걷히기 전의 마을 풍경은 환상적인 느낌마저 들었습니다. 그리고 어딘가 익숙해 보였습니다. 마치 어렸을 때 살던 시골마을 같은 분위기랄까요. 나이로비에서만 살다가 이곳에 와보니 진짜 아프리카에 온 듯한 기분도 들었습니다.

키콘데니 마을은 주민이라고 해봐야 몇 가구 되지 않았습니다. 대부분의 주민들은 샴바(밭이나 농장)에서 커피와 옥수수 등의 농사를 지으며 살아갑니다. 하루 벌어 하루 먹고사는 고단한 삶이죠.

그러나 이들보다 더 어렵게 살아가는 사람들이 있습니다. 4가구 정도 되는 장애인 가족들입니다. 아침을 먹은 후, 이 지역의 목사님과 나오미 씨의 안내로 한 집 한 집 찾아가보았습니다. 예상은 했지만 어느 한 집 사연 없는 집이 없더군요.

40대 엄마는 열두 살 된 막내아들 때문에 걱정입니다. 지체장애가 있는데 학비가 없어서 재활학교에 보내지 못한다고 합니다. 60대 중반의 노모는 40대 초반의 아들 때문에 눈도 제대로 감지 못하겠다며 슬퍼했습니다. 다리에 장애가 있는 아들은 목발도 없이 주워온 나무 막대기에 의지한 채 흔들리며 걷고 있었습니다. 20대 중반의 뇌성마비 여성은 직조와 편물기술을 배워 집에서 일을 하고 있습니다. 제게도 직조기로 만든 목도리와 손으로 짠 어린이용 스웨터를 보여줍니다.

"뭘 만들고 싶어도 재료를 살 돈이 없어요. 물건을 만들어도 팔 곳이 없고요."

그녀가 한숨짓습니다. 이 깊숙한 산기슭까지 누가 물건을 사러 올까. 저도 덩달아 마음이 답답해집니다.

그리고 마지막으로 사무엘도 만났습니다. 사무엘은 다섯 살배기 복합장애 아동입니다. 걷지도 앉지도 못하는데, 다행히 시각과 청각은 살아 있습니다. 이름을 부르자 말을 알아듣고 예쁘게 미소를 짓습니다. 사무엘의 아빠는 아이가 태어난 후 도망을 가버렸습니다. 혼자서 아이를 키우던 엄마는 작년에 갑자기 쓰러진 후 영영 일어나지 못했습니다. 돌봐줄 부모가 없는 사무엘을 거둔 것은 아이의 큰어머니와 큰아버지였습니다.

"남편이 사무엘을 함께 돌보자고 했어요. 이 아이도 하나님이 보내준 아이라면서요. 이제는 제 아들이지요."

자신들의 아이들도 키우기 힘든 가난한 시골마을에서, 복합장애아인 조카를 키우는 마리 씨의 이야기였습니다. 부부가 둘 다 일을 하러 나가면 아이를 어떻게 하느냐고 물었더니 팔순의 시어머니가 돌본다고 합니다. 둘 다 일하지 않으면 안 되는 상황이니, 눈이 잘 안 보이고 귀도 잘 안 들리는 시어머니 옆에 아이를 두고 나갈 수밖에 없습니다. 움직이지 못하는 사무엘과 보고 듣지 못하는 팔순 노모의 모습에 애잔함이 밀려왔습니다. 그러나 그것보다 더 크게 제 가슴을 울린 것은 바로 고마움이었습니다.

아무리 어려운 상황에서도, 아무리 가난한 삶이라도 사람을 포기하지 않는 마음. 인간다움을 놓지 않는 그 마음. 마치 제 자신이 사무엘이 된 것처럼, 그녀에게 거두어진 것처럼 말할 수 없는 감동이 밀려왔습니다. 저는 마리 씨를 보며 이 말만 되풀이했습니다. 다른 말은 도무지 생각이 나지 않을 정도였습니다.

"아산테 사나. 아산테 사나."(정말 고마워요. 정말 고마워요.)

그저 고맙다는 말밖에, 아이를 받아줘서 고맙다는 말밖에 안 나왔습니다. 저는 키콘데니에서 배웠습니다. 사람이 사람을 거두는 힘, 사람이 사람을 버텨주는 힘. 이 힘만 있으면 아무리 고단한 삶도 이어갈 수 있구나. 거둔 사람도, 거둬지는 사람도.

사무엘도, 나오미 씨가 입양해 키운다는 고아 아이도, 지체장애 아들도, 뇌성마비 여성도 마을 사람들이 서로의 아들딸처럼 돌보고 있었습니다. 서로의 삶의 무게를 지탱하며 무너지지 않도록. 때문에 지금까지 이 마을의 장애인들이 무거운 가난의 굴레 속에서도 살아남을 수 있었던 것입니다.

아프리카의 수많은 사람들이 굶주림 속에 살아갑니다. 하루에 한 끼, 이틀에 한 끼를 겨우 먹는 일이 보통입니다. 이 정도의 가난이면 장애인이나 어린아이, 노인과 같은 약자들은 굶어 죽어도 이상한 일이 아닙니다. 그러나 말라위를 비롯한 아프리카 최악의 빈곤지역을 돌아다녀 봐도 마을 안에서 사람이 굶어서 죽지는 않는다고 합니다. 나의 귀중한 한 끼 식사를 아사 직전인 옆집 사람에게 주기 때문이지요. 공동체가 살아 있는 것입니다.

60여 년 전, 우리나라도 그랬습니다. 최악의 전쟁과 가난이 휩쓸고 지나갔어도 사람이 굶어 죽는 일은 없었습니다. 어려울 때 서로 돕고 지켜주는 인간다움이 살아 있었기 때문이지요. 옆집 아이도 내 아이처럼 챙기는 인정 많은 동네 엄마들, 남의 아이를 살려야 우리 아이도 살릴 수 있음을 아는 지혜로운 어른들이 있었습니다. 가진 게 없을수록 사람보다 가치 있는 것이 없습니다. 반대로 지킬 게 많아질수록 사람보다 값비싼 것들이 많아지지요.

우리는 서구의 사회복지제도를 부러워합니다. 그러나 그 나라들에서 제도가 발전하게 된 진짜 이유가 뭔지 한 번쯤 생각해보면 좋겠습니다. 서구사회는 아시아, 아프리카와 같은 공동체 문화가 아닌 개인주의를 기반으로 발전했습니다. 그러니 그 과정에서 국가가 개입을 해서라도 약자를 보호하는 제도를 발전시킬 수밖에 없었지요.

그러나 타인을 돌보는 힘을 갖지 못한 공동체가 얼마나 오래 유지될 수 있을까요. 아무리 대단한 시스템이라도 서로를 먹이고 살리는 내 이웃보다 더 위대할 수 있을까요. 겉으로 보면 위태롭게만 보이는 아프리카지만 안을 들여다보면 여전히 생명이 태어나고 삶이 흘러갑니다. 이 땅에는 사람이 사람을 버텨주는 힘이 살아 있으니까요.

어렸을 때는 참 징글징글하게 싸웠습니다. 제 바로 밑의 남동생, 진수아빠는 제 어린 시절 최악의 '천적'이었습니다. 물론 어렸을 때야 다들 형제들과 지지고 볶고 싸우면서 큰다지만, 진수아빠는 유독 제게 심하게 굴었습니다. 어린 마음에 장애가 있는 누나가 창피하고 부끄러웠던 것이지요. 그래서 같이 사이좋게 학교에 가거나 놀아본 기억이 한 번도 없습니다.

진수아빠는 길이나 학교에서 행여 마주칠까 봐 늘 저를 피해 다녔고, 집에서는 엄마가 하듯이 저를 때리고 괴롭혔습니다. 그때마다 저는 '어떻게 하면 이 녀석에게 맞지 않을까? 어떻게 하면 복수를 할까?' 하며 이를 갈곤 했습니다. 사이가 이랬으니 동생이 저를 누나라고 부를 리가 없습니다. 심지어 이름조차도 부르지 않았지요.

가출을 하고, 3년 만에 편물 기술자가 되어 돌아왔을 때도 진수아빠는 저를 누나라고 부르지 않았습니다. 호칭은 생략한 채 애매하게 불렀지요. 그래도 이제는 어엿한 가장이 된 누나가 시키니, 제가 기능대회에 나갈 때마다 마지못해 편물기계를 들어주는 짐꾼 노릇을 하게 됐습니다. 그렇게 옆에서 제가 노력하는 모습을 지켜보더니 뭔가 느끼는 게 있나 봅니다. 동생은 제가 걸었던 길을 따라 걷기 시작했습니다. 저처럼 기술을 배웠고 기능대회 출전을 준비했습니다. 그리고 검정고시를 보았습니다. 어느새 훌쩍 커서 집안의 장남 역할을 하게 된 것이지요. 그런 진수아빠에게 동생들과 엄마를 맡기고 저는 보츠와나행 비행기에 올랐습니다.

그러던 어느 날, 우연히 선교회보에 실린 진수아빠의 글을 읽게 됐습니다. 글의 제목은 이랬습니다. '이제는 누나라고 부를 수 있어요.' 그 글 속에는 투박하지만 솔직한 동생의 고백이 담겨 있었습니다. 어렸을 때는 창피해서 누나라고 부르지 못했고, 누나가 다시 집에 돌아왔을 때는 미안해서 부르지 못했다고 합니다. 그런데 나이가 들어 누나처럼 기술을 배우고 공부도 해보니 무엇 하나 쉬운 게 없었다고 합니다. 새삼, 누나의 삶이 얼마나 힘들고 고단했는지 뒤늦게 알았다고 말이죠. 또한 아무런 대가를 바라지 않고 아프리카로 떠난 저의 선택에 대해서도 진심으로 감동받았다고 했습니다. 동생의 글은 자신의 허리춤밖에 오지 않는 저를 이제는 누나라고 부를 수 있다는 말로 끝을 맺었습니다.

진수아빠의 글을 읽으니 제게도 진한 감동이 밀려왔습니다. '드디어 이 녀석이 철이 들었구나!' 하는 누나로서의 뿌듯함도 있었지만, 무엇보다 참 고마웠습니다. 더 나이 들기 전에, 더 후회하기 전에 증오와 원망을 사랑과 이해로 바꾼 동생과 저 자신이.

그 후로 저는 진수아빠에게 질리도록 '누나' 소리를 들었습니다. 모두가 떠난 직업학교에 혼자 남아 있을 때, 진수아빠가 서울에서의 일을 접고 보츠와나에 와주었기 때문입니다. 그것도 무려 10년이 넘도록. 그동안 동생은 학교에서 목공교사로 일하면서 아름다운 아내를 만나 결혼도 하고 첫째 아들 진수를 낳았습니다. 제게는 정말 자식이나 다름없는 조카지요. 얼마 후, 둘째도 낳으면서 진수아빠는 행복으로 충만해 보였습니다. 그러나 제가 미국으로 떠난 뒤인 2004년에, 그만 교통사고로 아내와 둘째 아이를 잃고 말았습니다. 한 사람이 인생에서 겪을 수 있는 가장 큰 불행이 한꺼번에 닥친 것이지요. 사고 후 동생은 보츠와나 생활을 모두 정리하고 진수와 함께 한국으로 돌아왔습니다.

그리고 다시 10년 가까이 흘러, 우리 남매는 다시 아프리카에서 뭉쳤습니다. 지난해 제가 케냐에 혼자 간다고 하니까 진수아빠가 선뜻 이렇게 말했습니다.

"누나 혼자 가면 힘들잖아. 내가 자원봉사자로 가서 3개월만 도와줄게."

그동안 저는 동생에게 미안한 게 참 많았습니다. 나 때문에 보츠와나에서 갖은 고생을 하고 그토록 힘든 사고를 겪게 된 것 같아서, 마음 한쪽에 안쓰러움과 미안함이 어지럽게 뒤섞여 있었습니다. 그런데도 진수아빠는 그 모든 것을 '누나 때문이야'라고 원망하지 않았습니다. 이제는 재혼해서 아내도 있고 중학생이 된 진수도 있는데, 선뜻 함께 가서 도와주겠다는 그 마음도 너무 고마웠습니다.

그렇게 진수아빠는 다시 아프리카에 왔습니다. 지금은 자원봉사자가 아닌 정식 직원으로 일하고 있습니다. 재단에서 보츠와나에서 일한 동생의 경험과 실무 경력을 인정해준 덕분입니다. 요즘에는 본의 아니게 진수아빠에게 잔소리를 하곤 합니다. '제발 좀 누나라고 부르지 말라'고요. 다른 직원들이나 손님이 있을 때는 본부장이라고 좀 불러줬으면 좋겠는데 꼬박꼬박 저를 '누나'라고 부릅니다. 습관이 되어 도무지 고쳐지질 않는다나요.

우리는 자기도 모르게, 자신의 의지와 상관없이 누군가의 누나로, 누군가의 딸로 태어납니다. 시간이 흐르면서 누군가의 아버지가 되거나 누군가의 할아버지가 되기도 하지요. 하지만 호칭이 불려지는 것은 단지 시작일 뿐입니다. 처음부터 누나로 사는 법을 아는 사람은 없습니다. 제대로 된 동생 노릇이 무엇인지 어릴 때는 결코 알 수 없지요. 우리는 그렇게 평생 누군가의 누나로, 엄마로, 아들로 사는 연습 중인지도 모릅니다.

저는 아직도 가끔 진수아빠가 '누나'라고 부를 때 가슴이 찡합니다. 누나라는 말 속에 켜켜이 쌓인 미움과 사랑의 세월들 때문이지요. 동생이 열다섯 살 때 불렀던 '누나'와 보츠와나에서 불렀던 '누나', 그리고 지금 케냐에서 부르는 '누나'는 사뭇 다른 느낌입니다. 진수아빠 덕분에 평생 '누나 노릇'만큼은 제대로 배우고 갈 모양입니다.

리더로 만들고 싶다면
먼저 그를 리더로 대하라

"안녕, 캐서린! 어디예요? 저는 지금 지부티인데 다음 달에 여기 와 줄 수 있나요? 우리 모두 당신을 기다리고 있어요."

지난해 12월 마지막 주의 어느 날이었습니다. 잠시 한국에 나와 있었는데 존에게 전화가 왔습니다. 존은 케냐의 HISAN이라는 장애인 전문 NGO에서 매니저로 일하는 활동가입니다. 그동안 저와 몇 가지 프로젝트를 함께 하면서 알게 됐지요. 한동안 안 보인다 싶더니 지난해 연말부터 지부티에 있었다고 하더군요. 에티오피아, 소말리아와 붙어 있는 이 작은 나라에 맹학교를 세우기 위해서랍니다. 저에게 전화한 것도 학교 설립과 운영에 함께 참여할 수 있는지, 현장조사를 와달라는 요청이었습니다. 저는 전화를 받자마자 흔쾌히 가겠다고 약속했습니다. 딴 사람도 아닌 존의 부탁이었으니까요.

존은 40대 초반의 '오리지널' 케냐 사람입니다. 나이로비 대학을 졸업한 인텔리이기도 하지요. 오랫동안 NGO 활동을 해왔기 때문에 자기 분야에 대한 자신감과 전문성도 탁월합니다. 지난번에는 한국의 어느 기업이 지부티의 맹인들을 대상으로 '아이캠프Eye camp'라는 의료 지원 사업을 벌였는데, 존이 이 프로젝트를 총괄 지휘했습니다.

이 사업을 처음부터 끝까지 잡음 없이 프로페셔널하게 진행시키는 것을 보고, 저는 새삼 그의 실력과 열정에 놀랐습니다. 실제로 존은 케냐를 비롯한 주변 여러 나라의 맹인을 위한 네트워크 개발을 주도적으로 이끌고 있습니다. 몇 년 전에는 험하기로 유명한 소말리아에 직접 들어가 시각장애인을 돕기도 했지요. 그는 두 눈이 멀쩡한데도 점자를 읽고 해독할 수 있습니다. 이런 열정을 단순히 직업적인 프로 정신으로만 설명할 수 있을까요? 진심으로 시각장애인들을 이해하려는 마음이 없다면 정안인이 점자를 일부러 배우기란 결코 쉽지 않습니다. 존이 부르면 제가 무조건 달려가는 이유는 바로 그것이지요.

주변의 NGO들이 현지 정보나 현지인들의 도움이 필요하다고 하면 무조건 '존에게 물어보라'고 얘기합니다. 그만큼 정직하고 열정적인 사람이 없으니까요. 게다가 아무리 아프리카에서 오래 일을 했어도, 케냐에서 나고 자란 사람을 따라갈 수는 없더군요. 아무리 골치 아픈 문제도 존에게 물어보면 금방 답이 나옵니다.

그러나 유독 한국에서 온 분들은 존의 능력을 의심하는 경향이 있습니다. 아니, 처음부터 그가 한 단체의 매니저라는 생각조차 못합니다. 한국 사람들은 '같아 보이는' 게 중요하니까요. 본부장은 본부장 같아 보여야 하고 매니저는 매니저 같아 보여야 합니다. 그런데 흑인인데다 보통 케냐 사람들처럼 수수한 차림으로 다니는 존은 아무리 봐도 매니저 같아 보이지가 않는 것이지요. 운전기사 혹은 어슬렁거리는 짐꾼으로 보일 뿐. 실제로 사무실에 처음 온 손님들은 존에게 거의 인사를 안 합니다. 반면, 동양인이나 백인이 앉아 있으면 매니저일 것이라 지레짐작하고 손을 내밉니다. 처음부터 실례가 이만저만이 아닌 것이죠.

이런 일을 많이 겪은 존은 한국인이 방문하면 먼저 인사를 건네지 않습니다. 싱글싱글 웃으며 그가 어떻게 하는지 유심히 지켜봅니다. 그러면 민망하게도 10명 중 7~8명은 똑같은 실수를 합니다. 그래서 제가 옆에 있을 때는 일부러 "이 사람이 매니저예요!"라고 먼저 존을 소개하곤 하지요.

많은 사람들이 아프리카 지원 사업이나 NGO 관련 일은 외국인만 하는 것으로 오해합니다. 그러나 이 땅 곳곳에는 존처럼 아프리카 사람들을 위해 뛰고 있는 현지인들이 많습니다. 실력과 열정, 따뜻한 인간미까지 갖춘 보석 같은 인재들 말입니다.

아프리카를 돕는 많은 사람들의 꿈은 외부의 도움 없이도 아프리카인들이 스스로의 삶과 희망을 개척해 나가는 것입니다. 그들 자신이

리더가 되어 스스로를 도울 수 있기를 바랍니다. 그러나 아이러니한 것은, 막상 아프리카 사람이 리더가 되면 그를 제대로 인정하지 않는 다는 것입니다. 여전히 도움을 받는 대상으로 보는 경향이 있지요.

누군가를 주인으로 만들고 싶으면 주인으로 대하고, 누군가가 리더가 되기를 원하면 먼저 나부터 그를 리더로 대하는 것이 옳은 순서입니다. 내가 바뀌지 않으면서 아프리카인들이 바뀌지 않는다고 비난하거나 무시하는 것은, 조금 모순처럼 들립니다.

현장에서 유창한 영어로 외국인 활동가들을 이끄는 존의 모습은 더 이상 제게 낯선 풍경이 아닙니다. 어찌 생각하면 너무 당연한 일입니다. 한국인들의 문제는 우리가 제일 잘 알듯이, 아프리카 사람들의 문제를 가장 잘 풀어나갈 수 있는 것은 그들 자신이니까요.

하루는 존에게 물어봤습니다. 나이로비 대학 출신이면 고위 공무원이 되어서 편하게 살 수도 있을 텐데 왜 굳이 힘든 길을 택했느냐고요. 그러자 그가 웃으며 말했습니다.

"누군가를 돕는 것에는 아무 조건도 필요 없어요. 그저 그들의 아픔을 알고, 돕고 싶은 사람이 도우면 되니까요. 그래서 하는 거예요."

그는 장애인들을 위해 하루하루 무엇인가 하는 것 자체가 자신의 꿈이라고 말합니다. 매일 자신의 꿈을 조금씩 채워나가는 존. 그의 꿈이 이뤄질 때마다 아프리카의 희망도 함께 자라납니다,

가슴 벅찬 축복의 순간이
당신을 기다린다

자신의 삶을 돌아보고 인생을 재해석하게 만드는 힘, 잊고 있던 인생의 미닝을 찾는 힘. 아프리카에는 그 힘이 있습니다. 그래서 저는 누군가를 만날 때마다 말합니다. 아프리카에 한번 와보라고. 누군가를 돕지 않아도 됩니다. 오래 머무르지 않아도 좋습니다. 그저 한번 와보는 것만으로도 내 안의 무엇인가가 달라져 있을 테니까요.

그럼에도 불구하고
아이들은 태어난다

아프리카에 대한 대표적인 오해가 뭘까요? 첫 번째는 '덥다'는 것입니다. 아프리카는 적도에 있는 작은 나라가 아니라 거대한 '대륙'입니다. 당연히 나라마다 기후는 다 다를 수밖에 없지요. 아프리카 대륙에는 우리처럼 사계절이 뚜렷한 나라도 있고 1년 내내 더운 나라도 있습니다. 적도에 있다고 다 더운 것도 아닙니다. 제가 있는 나이로비는 연중 봄가을 날씨입니다. 해발 1,700m의 고지대에 있기 때문이지요. 그런데 제가 이 얘기를 하면 사람들의 반응은 거의 비슷합니다.

"네? 나이로비가 1년 내내 선선하다고요? 거긴 아프리카잖아요!"

맙소사! 이건 '마이애미가 더우니 미국은 더운 나라'라고 말하는 것이나 마찬가지입니다. 아직까지 우리에게 아프리카란 그렇게 머나먼 곳이지요.

또 다른 오해는 '풍경'입니다. 많은 사람들이 아프리카라고 하면 황량한 사막이나 드넓은 초원, 둘 중 하나를 떠올립니다. 미디어가 보여주는 이미지들이니까요. 하지만 나라마다 날씨가 다르듯 자연환경도 당연히 다를 수밖에 없습니다.

아프리카 동부 내륙에 위치한 우간다의 별명은 '아프리카의 흑진주'입니다. 우리에게는 그저 아프리카 대륙 어딘가에 있는 가난한 나라일 뿐이지만 우간다는 아프리카에서 가장 아름답기로 유명한 나라이지요. 저도 지난해 처음으로 우간다에 가보고 놀랐습니다. 비행기가 내리는 엔테베 공항에서는 그 유명한 빅토리아 호수가 보입니다. 공항에서부터 수도 캄팔라까지 가는 길에는 낮은 언덕과 수많은 호수, 울창한 숲이 끊임없이 이어졌습니다. 마치 유럽의 그리스를 연상시키는, 말 그대로 그림 같은 풍경이었지요. 땅은 비옥하고 수자원도 풍족해 1년에 2번이나 벼농사를 짓습니다. 사람 살기에는 최적의 기후와 환경을 가진 셈이지요.

아프리카의 어느 곳이 그렇지 않겠습니까만, 이 아름다운 땅에도 아픈 과거가 있습니다. 1962년 영국의 식민통치에서 독립하기 전까지 우간다는 동아프리카에서 가장 부유한 나라 중 하나였습니다. 그러나 지금은 최빈국으로 전락하고 말았지요. 끊임없이 일어났던 쿠데타와 내전 때문에 수십만 명이 목숨을 잃었고 난민이 되어 고향을 떠나야 했기 때문입니다.

극단적인 반군 세력은 수만 명의 어린이들을 납치해 소년병으로 만들기도 했습니다. 위태롭고 잔인한 전쟁에서 가장 많은 아픔을 겪는 이들은 역시 아이들입니다. 다행히 지금은 반군 세력이 많이 약해져, 최근의 우간다는 비교적 안정적으로 발전하고 있습니다.

저도 이번 기회에 새로운 희망사업을 준비하기 위해 우간다를 찾았습니다. 3박 4일 동안 11군데의 초등학교를 돌아보게 됐지요.

우간다의 초등학교 중에는 외국에서 온 원조금으로 지어진 학교들이 많습니다. 주요 도로가 지나가는 곳에는 거의 예외 없이 학교가 있었습니다. 이만하면 건물도 없이 나무 아래에 앉아서 공부하는 다른 나라들에 비해 형편이 좋다고 할 수는 있습니다.

그러나 수도권에 위치한 소수의 학교를 제외하고는 대부분의 학교들이 매우 열악한 상황입니다. 시골로 갈수록 상황이 더 심해지는데, 간혹 학교 건물만 덜렁 세워져 있는 경우도 있습니다. 건물 안에는 책상이나 의자, 교탁, 칠판이 하나도 없어 아이들이 맨바닥에 앉아서 공부합니다.

상황이 이러니 대부분의 아이들이 교과서도 없습니다. 우간다 정부는 아직 자체적으로 교과서를 만들어내지 못해 인도나 영국, 케냐로부터 수입해서 사용합니다. 당연히 비쌀 수밖에 없지요. 학생들이 비싼 교과서를 살 형편이 안 되니 선생님들만 교과서를 보며 수업을 합니다. 교과서의 내용을 칠판에 적거나 학생들에게 불러주면서요. 요즘 우리나라 초등학교는 교실마다 컴퓨터와 에어컨이 갖춰져 있고, 어떤 곳은 전자칠판이나 빔 프로젝터 같은 값비싼 교구까지 갖췄다고 들었는데, 교과서도 없이 흙바닥에 앉아서 공부를 하는 아이들이 동시대에 존재한다는 사실이 믿어지지 않을 것입니다.

객관적인 '환경'만 놓고 보자면 아마 이런 생각이 들지도 모릅니다. 이렇게 열악한 곳에서 공부하는 우간다 아이들에게 과연 미래가 있을까? 이렇게 힘들게 사는 사람들에게도 희망이라는 게 있을까?

우간다뿐만 아니라 아프리카의 어느 곳이든, 특히 시골로 가면 갈수록 먹고살기가 만만치 않습니다. 발전 속도는 너무 느리고 환경은 열악하고 수입을 기대할 수 있는 일이 별로 없으니까요. 밥은 오전 11시 정도에 하루 한 번 먹는 게 보통입니다. 그런데 학교에 가면 이마저도 못 먹으니까, 밥을 먹기 위해 학교에 오지 못하는 아이들이 있을 정도입니다.

그러나 정말 미스터리한 것은, '그럼에도 불구하고' 아이들이 태어난다는 사실입니다. 부모들은 그 힘든 삶을 포기하지 않고 아이들을 태어나게 합니다. 커다란 전쟁이 휩쓸고 지난 자리에도 아이들이 태어납니다. 가난하고 열악해 생존을 위협받을 줄 알면서도 아이들이 태어납니다. 아이들이 태어나는 것이 과연 오롯이 그 부모의 뜻일까요?

자연의 힘입니다. 자연이 사람에게 생명을 허락하는 것입니다. 학교에 가보면 어느 곳이나 아이들이 가득합니다. 어린아이들의 웃음소리가 여기저기서 쉴 새 없이 들립니다. 낯선 사람만 보면 뛰어와 자기소개를 하고 아는 척을 하지요. 외부인의 눈에는 무엇 하나 제대로 갖추어져 있지 않지만, 아이들은 '우리 학교'라고 찾아와 신 나게 뛰어놉니다.

수업도 마찬가지입니다. 책상도 없고 의자도 없는 교실 바닥에 앉아서 선생님이 불러주는 내용을 노트에 열심히 받아 적습니다. 교과서가 부족한 '덕분에' 우간다 학생들은 받아쓰기를 유난히 잘한다고 합니다. 책이 없으니 수업시간에는 그야말로 선생님의 말 한 마디 한 마디에 '초超집중' 하기 때문이죠.

이런 아이들을 보며 어떤 사람들은 불쌍하다는 생각을 할지도 모릅니다. 어떻게 하면 이 아이들을 도와줄까? 혹은 이곳 아이들과는 비교할 수 없는 좋은 환경에서도 공부를 안 하는 자녀들에게 잔소리를 하거나, 스스로를 반성할지도 모릅니다. 그런데 저는 이 아이들을 보며 다른 생각에 빠졌습니다.

'아이들아, 참 고맙다. 사람이 태어나다니, 참 고맙다. 여기 이렇게 살아 있어 주다니, 참 고맙다.'

가난과 전쟁과, 내전과 질병이 끊임없이 이어지고 있는 가운데서도 순진하고 예쁜 아이들이 학교를 잊지 않고 매일매일 찾아오고 있다는 사실에 저는 무척 감동했습니다. 의자가 없고, 교과서가 없고, 책상이 없고, 먹을 것이 없어도, 선생님을 만나러 오고, 친구들을 만나러 오고, 불러주는 내용을 열심히 받아 적는 우간다의 아이들이 참으로 대견하고 고마웠습니다. 존재만으로도 그 부모에게, 이웃에게, 이 나라에 얼마나 큰 힘이 될까요. 제가 깨달은 '아프리카의 흑진주'는 바로 이 아이들, 사람들이었습니다.

아이들아, 정말 고맙다. 사람아, 고맙다.

불행의 밑바닥에는
무엇이 있을까?

르완다. 포털 사이트에 '르완다'를 입력하면 어떤 연관 검색어가 나올까요? 제일 첫 줄에 뜨는 것이 바로 '대학살'입니다. 불과 20년 전인 1994년 아프리카의 이 작은 나라에서 단 100일 동안 무려 100만 명에 가까운 사람이 목숨을 잃었습니다. 전체 인구의 10%가 하루아침에 사라져버린 것입니다. 그것도 반군이나 정부군에 의해 일방적으로 일어난 학살이 아닌, '이웃 사람들'에 의해 벌어진 참사였습니다. 부족이 다르다는 이유만으로 가르치던 학생을, 옆집 아기 엄마를, 직장동료를 잡아 고문하고 강간하고 칼로 내리쳐 죽였습니다.

강대국의 식민지배 기간 동안 쌓였던 분노와 차별이 부족 간 분쟁으로 터져버렸던 것이지요. 온 나라가 피로 물들었고, 마을은 폐허가되었습니다. 무려 40만 명의 아이들이 부모 없는 고아가 됐습니다. 상황만 놓고 본다면 완벽한 불행, 그 자체입니다. 상처와 분열밖에 남지 않은 절망의 땅. 그것이 지금까지 르완다를 바라보는 세상의 눈이었습니다.

그런데 이상합니다. 정작 그곳에 다녀온 사람들은 정반대의 이야기를 들려주더군요.

"아마, 그 나라에 가면 돌아오고 싶지 않을 거예요."

"르완다에 가보면 정말 깜짝 놀랄 겁니다."

"한마디로 거긴 아프리카가 아니라고 할 수 있죠."

르완다에 대한 소식을 들을 때마다 궁금증은 점점 커져갔습니다. 하지만 아직 가보기 전이라 무엇을 어떻게 상상해야 할지 감이 오지 않습니다. 마침 르완다를 방문하고 싶어 하는 한국인 부부가 있어 동행할 기회가 생겼습니다. 수도 키갈리 공항에 도착해 이민국을 통과하고 일행을 기다리는데, 한 공항 직원이 저에게 눈짓을 계속 보내옵니다.

'무슨 뜻이지? 세관 신고대는 아닌데…. 뇌물이 필요한가? 르완다는 뇌물이 안 통하는 곳이라고 들었는데.'

그 짧은 순간에 온갖 생각이 다 들었습니다. 제가 머뭇거리니까 그 직원이 저에게 와보라고 손짓을 합니다. 그러더니 제가 들고 있는 비닐봉지를 가리키며 한마디 하더군요.

"비닐봉지는 공항 밖으로 가지고 나갈 수 없어요."

저는 비닐봉지 안에 든 담요만 빼고 봉지를 그녀에게 건네주었습니다.

"이렇게 하면 되나요?"

"네. 다음부터는 비닐봉지를 가져오지 마세요. 우리나라에서는 비닐봉지를 사용하지 않습니다."

알고 봤더니 르완다는 강력한 환경정책을 추진하는 나라였습니다. 비닐봉지를 유료로 판매하는 수준을 넘어, 아예 법적으로 사용까지 금지시켰습니다. 자신들의 자연과 환경을 보호하는 것이 르완다의 핵심 비전 중 하나이기 때문입니다.

'환경'에 눈을 돌린다는 것은 기본적인 생존과 생계문제가 해결된 이후에나 가능한 일입니다. 자기 자신뿐만 아니라 우리를, 더 나아가 후대를 생각하는 마음과 철학, 강력한 의지가 없으면 선진국도 실천하기 힘든 일이지요. 그런데 불과 20년 전에 대학살로 만신창이가 된 아프리카의 작은 나라가 이를 실현하고 있습니다. 첫인상부터 예사롭지 않더군요.

공항을 빠져나와 시내로 들어가 보니, 도로들도 깔끔하게 정리돼 있고 차들은 신호등을 정확히 지켰습니다. 그것만으로도 르완다가 달리 보이는데, 더 놀라운 건 길거리에 쓰레기가 안 보인다는 것입니다. 심지어 건물 공사장 주변도 말끔히 치워져 있습니다. 아프리카에 이런 나라가 있다니…! 르완다의 시골 구석구석까지 찾아가 보았다던 한 활동가 역시 깔끔하게 정리된 거리와 쓰레기 없는 마을들을 볼 수 있었다고 말합니다.

"르완다에서는 우리가 할 일이 없을 것 같습니다."

그의 한마디는 이 나라의 현재 상황을 단적으로 말해줍니다. '아프리카의 싱가포르'를 표방하는 르완다는 공무원의 부정부패도 없어 아프리카권에서 유례없는 모델이 되고 있습니다. 현 정부는 탁월한 지도력으로, 국민들은 성숙한 모습으로 화해와 단합, 성장을 이뤄내고 있습니다. 실제로 르완다의 경제성장률은 8%에 이르고 있어 동아프리카 국가들 중 1위를 달리고 있습니다. 어떻게 그런 일이 가능했을까요? 선명하게 남아 있는 과거의 상처와 아픔이 어떻게 새로운 나라를 만드는 힘이 될 수 있었을까요?

"그때 정말 많은 사람들이 죽었습니다. 저희 가족과 친척들이 모두 25명이나 됐는데 대학살이 끝난 후 겨우 6명이 살아남았습니다. 물론 제가 그중 1명이고요. 정말 행운이었지요."

게스트하우스에서 일하는 피터는 까만 바지와 하얀색 셔츠의 유니폼을 입고 있습니다. 웃으면 보조개가 들어가는 해맑은 훈남이지요. 프랑스어와 영어도 잘하고 눈치가 90단쯤 돼서 혼자서도 손님들 서빙과 카운터 관리까지 척척 해냅니다. 앞으로 하고 싶은 일이 무엇이냐고 물었더니 "컴퓨터를 배워서 지금 하는 일을 조금 더 잘하고 싶어요."라고 대답합니다. 피터는 현재 자신의 삶을 누구보다 충실히 살아내고 있었습니다.

피터의 말처럼 그의 생존은 그야말로 큰 행운입니다. 지금 살아 있는 르완다의 20대 중반 이상의 청년들은, 20년 전의 무지막지한 대학살에서 살아남은 생존자들이지요. 피터는 그때 죽은 사람들이 못다 한 일, 즉 인생을 열심히 사는 일을 하고 있습니다.

인생을 살다가 어떤 위험한 사고나 큰 질병 혹은 피터처럼 전쟁을 겪고 난 후에 느끼는 감정은 뭐라고 말하기 어렵습니다. 특히 함께 살던 가족과 친척들, 형제들이 천재지변이나 전쟁으로 한꺼번에 사라지면 어떨까요? 살아남았다는 미안함과 충격, 공포가 남은 인생을 지배하는 경우가 많습니다. 서구적 개념에서 보면 '트라우마'입니다. 평생 치료해야 할, 어쩌면 죽을 때까지 벗어나기 힘든 정신적 외상이지요. 그러나 피터는 감동적일 만큼 밝고 건강했습니다. 어렸을 때 가족의 죽음을 경험하고, 자신 역시 생사의 기로에 섰던, 어쩌면 한 인간으로서 겪을 수 있는 가장 끔찍한 불행을 당했음에도 불구하고.

피터가 특별히 긍정적인 사람이라서 그랬을까요? 피터뿐만이 아닙니다. 르완다에서 만난 대부분의 사람들에게는 생기生氣, 즉 살아 있는 기운이 물씬 느껴졌습니다. 어쩌면 이들은 불행의 밑바닥을 정면으로 보았기 때문일지도 모릅니다. 곁에서 보는 불행은 검고 무서운 폭풍과 같습니다. 가까이 가면 큰일이 날 것 같고 두렵기만 합니다. 그래서 많은 이들이 필사적으로 도망칩니다.

그러나 살다 보면 내 의지와 상관없이 폭풍이 나를 집어삼키기도 합니다. 그 검은 폭풍 안에서 이리저리 부딪히고 깨지면서 온갖 고통을 다 당합니다. 그렇게 밑바닥으로 밑바닥으로 끝없이 내려가지요. 불행의 밑바닥. 거기에는 무엇이 있을까요? 사람들은 완벽한 절망, 거대한 암흑구덩이를 상상합니다. 과연 그럴까요? 막상 밑바닥에 내려가 보면 아무것도 없습니다. 텅 비어 있습니다. '그럼에도 불구하고' 살아 숨 쉬는 내가 선명하게 보일 뿐입니다. 적어도 제가 만난 인생의 폭풍은 그랬습니다.

행복도 마찬가지이지요. 우리는 행복의 정점에서 무엇을 발견할까요? 끝없는 즐거움과 만족, 멋진 파라다이스를 상상합니다. 그런데 정작 그 행복의 끝자락에서 생각지도 못한 불안과 만납니다. 지킬 것이 많아져도 인생은 피곤하고 초조해집니다. 세상에 완벽한 행복은 없으니까요. 마찬가지로 완벽한 불행도 없습니다.

불행의 밑바닥을 경험한 사람들은 불행을 다룰 줄 알게 됩니다. 살면서 때로 우울과 고독이 찾아와도 애써 피하지 않고 지나가게 놓아둡니다. 그냥 자연스러운 인생의 한 부분으로 받아들이는 것이지요. 그들에게 불행과 고통은 살아 있기 때문에 당연히 감당해야 할 '책임'입니다.

저는 피터와 르완다 사람들이 각자의 인생에 짊어진 책임을 보았습니다. 인생을 살아내는 책임, 그리고 다시는 내 조국에 그런 비극을 만들지 않겠다는 책임. 그 인간다움으로 르완다는 이미 과거의 사슬을 풀고 내일을 향해 걷고 있었습니다. 때로 상상할 수 없는 절망은 상상할 수 없는 희망과 기적을 만들어냅니다.

고통과 불안은
나와 함께 걸어가는 생의 친구들

죽을지도 모른다고 생각하고 찾아왔습니다.
전갈과 뱀에 물려 죽거나
굶어 죽거나 뜨거운 태양에 타 죽어도
어쩔 수 없다며 이 땅에 발을 들여 놓았습니다.

불안하기도 했습니다.
무엇을 먹을지
마음은 어떻게 전해야 할지
외로움과 고독은 어떻게 견뎌내야 할지

세월이 흐르며 알게 됐지요.

전갈은 잡아서 툭툭 털어냅니다.

뱀은 잡아서 먼 곳에 풀어주고

물이 없으면 비가 올 때까지 기다리면 되고

뜨거운 태양도 밤에는 저 멀리 사라진다는 것을.

이곳에는 거칠지만 옥수수 가루로 만든 음식도 있습니다.

미소를 머금는 것만으로도 마음은 충분히 전달됩니다.

더 이상 고독할 수 없는 지경에서야

혼자서도 설 수 있는 힘이 생긴다는 것을 알게 되었지요.

우리는 모두 이 세상에 잠시 머물다 가는 중입니다.

고통과 불안은 함께 걸어가는 생의 친구들이니

때론 잡아서 툭툭 털어내고

때론 잡아서 먼 곳에 풀어주고

때론 다 지나갈 때까지 가만히 기다리면

언젠가 저 멀리 사라질 것이니

그 밤의 끝에 다시 새벽이 옵니다.

그 새벽이 나를 만나러 옵니다.

잊고 있던
인생의 미닝을 찾는 힘

택시가 키갈리의 시내버스 정류장 근처에 다가갈 무렵, 한 청년이 보입니다. 그가 택시에 타고 있는 저를 알아보고 손을 흔들었습니다. 오늘 현장방문을 안내해줄 한국국제협력단(KOICA) 소속의 청년 인턴입니다. 부드러운 목소리에 인상까지 좋은 '꽃미남'입니다. 그와 함께 키갈리에서 외곽으로 30분 남짓 떨어진 룬다 지역으로 향했습니다.

룬다에 도착해 청년과 함께 그가 일하는 곳을 차례대로 돌아보았습니다. 유치원, 봉재학교 교실, 가축 분양 사업, 토끼 분양 사업, 파인애플 농장 등 여러 곳입니다. 청년의 얼굴에는 웃음이 떠나지 않았고, 주민들도 청년을 무척이나 반깁니다. 이곳에서 한국의 꽃미남은 인기 만점이더군요. 가는 곳마다 그가 1년간 애쓴 흔적이 고스란히 남아 있었습니다.

그런데 그 많은 현장을 돌아보는 게 쉬운 일이 아닙니다. 게다가 마을 자체가 언덕배기에 자리 잡고 있어 돌아다니기가 만만치 않습니다. 구불구불한 길을 계속 오르락내리락 해야 합니다. 청년에게는 자동차는커녕 오토바이도 한 대 없습니다. 중간에 가다 쉴 수 있는 현장 사무실조차 없었습니다. 계속 걸어 다니다가 적당한 나무 그늘에 앉아 쉬는 게 전부입니다. 매일 이렇게 다니는 게 힘들지 않느냐고 했더니 고개를 젓습니다.

"이 정도는 끄떡없어요. 지역개발에 대한 현장조사도 하고 가가호호 방문하면서 사람들이 어떻게 사는지도 돌아보고…. 여기서 배운 게 너무 많아요."

대화를 나누면 나눌수록 정이 가는 친구입니다. 게다가 그는 부족함도 없어 보였습니다. 명문대에 다니고 가정환경도 좋았고 머리도 똑똑했습니다. 이렇게 많은 것을 가진 청년이 뭐가 아쉬워서 아프리카까지 왔는지 점점 궁금해집니다.

"인턴을 지원한 동기가 뭔가요?"

"고등학생 때 사고로 허리를 크게 다친 적이 있어요. 다시 일어날 수 있을지 없을지도 몰랐죠. 정말 많이 두려웠어요. 다행히 재활치료 덕분에 일어났는데, 그때 얼마나 감사했는지 몰라요. 그런데 몇 년 지나고 대학 졸업할 때가 되자 그 감사함이 많이 흐려졌지요. 그래서 아프리카 생활을 통해 다시금 깨닫고 싶었어요. 이곳 사람들을 도와주고 싶다는 생각도 있었고요."

그러나 그는 결과적으로 자신이 더 많은 것을 얻었다고 말했습니다. 일단 몸이 단단해졌습니다. 예전에 허리를 다쳤기 때문에 하루 종일 걷는 일이 처음엔 굉장히 힘겨웠다고 합니다. 그런데 많이 걷다 보니 자연스럽게 몸도 건강해지고 지금은 아무리 걸어도 전혀 문제가 없다고 합니다.

또한 청년은 자신의 인생에 끼어 있던 해묵은 '거품'을 걷어낼 수 있었다고 합니다. 아프리카의 인턴 생활은 거칠고 척박합니다. 어제까지 편안한 집에서 엄마가 해주던 밥을 먹고, 부모님의 뜻대로 살아왔다면, 오늘부터는 아주 '황당한' 상황에 마주칩니다. 이곳에는 전기밥솥도, 청소기도, 세탁기도 없습니다. 모든 수단과 방법을 강구해 밥을 해먹고, 청소를 하고, 옷을 직접 빨아 입어야 합니다. 물이 없으면 며칠씩 못 씻을 수도 있고, 전기가 안 들어오면 불편한 대로 그냥 살아갑니다. 자동차가 없으면 걸으면 되고, 심심하면 별을 보면 됩니다. 일상에서 말도 안 통하는 현지인들과 어떻게든 의사소통을 하고, 다른 문화에도 적응해야 하지요.

이 모든 것은 자신이 결정하고, 결정한 것은 스스로 책임집니다. 청년도 그 불편하고 고생스러운 과정을 다 겪었습니다. 단순하고 거친 생활 속에서 자신이 얼마나 불필요하고 거추장스러운 것들을 붙잡고 있었는지 알게 됐지요. 거품이 사라지면 원래 알맹이가 보이듯, 편안함과 풍족함 속에서는 찾기 힘들었던 인생의 본질을 발견한 것입니다. 단순하고 소박하고 겸손한 삶. 처음엔 불쌍하다고 생각했던 아프리카 사람들과 그 역시 점점 닮아갔습니다.

"그동안 제가 아프리카에 대해 오해하고 있었다는 것을 알았어요. 우리가 생각하는 것처럼 아프리카 사람들은 불행하지 않아요. 건강하고 자연스럽게 자신의 삶을 만들어가고 있죠. 뭔가 주고 싶다고 생각했는데, 오히려 여기 와서 제가 많이 받았어요. 특히 마을 분들이 주신 사랑은 절대 잊지 못할 것 같아요. 아마도, 아프리카로 다시 오게 될 것 같아요."

그의 얘기를 들으며 제 보츠와나 시절을 떠올렸습니다. 청년은 제가 그곳에서 느끼고 깨달았던 것을 거의 똑같이 말하고 있었으니까요. 아마 한국에 돌아가서도 그는 오기 전과는 많이 다른 삶을 살게 될 것 같습니다. 저 역시 그랬으니까요.

이런 청년 인턴들이 르완다에만 100여 명, 아프리카 전체로 따지면 수천 명도 넘게 활동하고 있습니다. 자신의 삶을 돌아보고 인생을 재해석하게 만드는 힘, 잊고 있던 인생의 미닝을 찾는 힘. 아프리카에는 그 힘이 있습니다. 그래서 저는 누군가를 만날 때마다 말합니다. 아프리카에 한번 와보라고. 누군가를 돕지 않아도 됩니다. 오래 머무르지 않아도 좋습니다. 그저 한번 와보는 것만으로도 내 안의 무엇인가가 달라져 있을 테니까요.

한 방울의 물을
마르지 않게 하려면

6,671km. 나일 강의 어마어마한 길이입니다. 사막이나 다름없는 아프리카 북동부는 끝없이 이어진 나일 강 덕분에 수천 년간 생명과 문화를 이어올 수 있었습니다. 고대 이집트인들이 나일 강을 삶과 죽음을 잇는 통로로 생각했던 것도 자연스러운 일이지요. 그렇다면 이 장구한 강에도 시발점이 있을까요? 강이 시작되는 발원지가 있다면 그곳은 과연 어디일까요?

19세기의 탐험가들도 저처럼 나일 강이 도대체 어디서 시작되는지 꽤나 궁금했던 모양입니다. 1858년 존 해닝 스피크라는 영국인이 수년간의 탐험 끝에 마침내 그 뿌리를 찾아내고야 맙니다. 그것은 상상 이상의 거대한 호수였습니다. 아프리카 대륙에서 가장 큰 이 호수는 우리나라의 전라도와 경상도를 다 합친 정도의 크기입니다. 실제로 보면 호수라기보다는 끝없이 펼쳐진 망망대해에 더 가까울 정도로.

스피크는 이곳을 영국 여왕의 이름을 따 빅토리아 호수라고 명명합니다. 그리고 나일 강의 발원지로 선포합니다.

이 거대한 호수는 케냐와 탄자니아, 그리고 우간다에 둘러싸여 있습니다. 마침 얼마 전, 우간다 현장조사를 하러 가면서 나일 강의 발원지를 볼 수 있는 '진자'라는 동네에 잠시 들렀습니다. 다른 도시로 가는 도중에 워낙 유명하다고 해서 한번 돌아보게 된 것입니다.

그러나 막상 가보니 여느 아프리카의 시골 마을과 다르지 않습니다. 관광객을 위해 마련된 두어 군데의 간이식당과 기념품 상점이 전부이지요. 외국인들 입장에서 보면 '나일 강의 발원지'라는 의미가 있지만 현지 주민들에게는 그저 호수의 일부분일지도 모릅니다.

기왕 온 김에 빅토리아 호수에 발도 담가보고 한 바퀴 둘러보는데 'Source of Nile'(나일 강의 발원지)이라고 쓰여 있는 안내판이 보입니다. 거기에는 이런 말이 적혀 있습니다.

'이곳은 나일 강의 발원지로 6,600km를 흘러 지중해로 갑니다.'

같이 동행하던 분이 그 숫자의 의미를 친절하게 풀어줍니다.

"지금 보고 있는 이 물이 지중해에 도착하려면 꼬박 3개월이 걸린다는 뜻이죠."

"오랜 여행이군요."

흘러가는 물을 보며 가슴 속에 잔잔한 감동이 일었습니다. 이 한 방울의 물도 6,600km의 장구한 여행을 떠납니다. 유유히 흘러가며 그 물 한 방울이 겪어낼 수고가 경이롭습니다. 세계 최장이라는 나일 강의 물도 한 방울, 한 방울이 모여서 이루어진 것이겠지요. 그때 문득, 제가 오래전에 보았던 영화 한 편이 떠올랐습니다. 미국 유학 중에 머리를 식히려고 우연히 보았던 영화인데 이런 장면으로 시작됩니다.

티베트의 고산 중턱에 갈림길이 펼쳐져 있습니다. 그리고 그 사이에 놓인 팻말에는 이런 말이 적혀 있습니다.

'한 방울의 물을 마르지 않게 하려면?'

한 소년이 출가하기 위해 산으로 올라가고 있습니다. 영화의 주인공인 소년은 이 팻말을 흘깃 보고 지나갑니다. 소년은 자신의 욕망과 내면을 관통하는 번뇌와 고통을 해결하기 위해 수많은 노력을 합니다. 그러나 도道라는 것이 그리 쉽게 손에 잡히는 게 아닌가 봅니다. 결국 소년은 산을 내려와 속세로 돌아옵니다. 그리고 인간이 겪을 수밖에 없는 인생의 모든 희로애락을 경험합니다. 산꼭대기에서 도를 닦아도, 속세에서 필부로 살아도, 해탈하려는 모든 노력은 늘 원점으로 돌아갑니다. 소년은 백발이 되어서야 비로소 알게 됩니다. 도를 닦는 것이나 속세에서 사는 것이나 큰 차이가 없다는 것을.

마지막 장면에서 카메라는 산을 내려가는 노인의 뒤를 따릅니다.

'한 방울의 물을 마르지 않게 하려면?'이라고 적힌 팻말이 다시 화면에 등장합니다. 그리고 팻말의 뒷면에는 이런 말이 적혀 있습니다.

'저 바다에 던져라.'

한 방울의 물을 마르지 않게 하는 가장 좋은 방법은 아무것도 하지 않는 것입니다. 햇볕을 가려주거나 다른 물을 붓지 않는 것입니다. 본래 물이 있던 그 자리로 돌려주는 것뿐입니다. 마찬가지로 궁극적인 깨달음이란 어딘가로 떠나거나, 무언가를 구함으로써 얻어지는 것이 아닐지도 모릅니다. 모든 번뇌와 욕망, 희로애락이 시작되는 근본, 자신의 마음속으로 돌아가는 것이 가장 빠른 길인지도 모르지요. 저는 그 메시지가 그렇게 읽혔습니다. '나일 강의 발원지'라고 쓰여 있던 진자의 안내판 뒤에도 오래된 진리가 적혀 있을 것만 같았습니다.

근원 속으로 흘러 들어가라.
물의 근원인 바다로 들어가라.
본질로 돌아가라.
근본인 사람에게로 돌아가라.
마음으로 들어가라.
거기에 삶의 본질이 있나니.

오늘, 한 방울의 물에서 깨닫습니다.

살아가는 것은
기다리는 일이다

얼마 전, 오랜만에 건강검진을 받았습니다. 몇 년 만에 받는 종합검진이라 결과가 어떨까 궁금했는데 다행히 몸에 이상이 없었습니다. 의사가 놀랄 정도로요.

"보통 이렇게 척추에 이상이 있으면 몸속의 장기도 약해지기 마련인데, 캐서린은 신기할 정도로 건강하네요. 도대체 비결이 뭔가요?"

글쎄요. 남들처럼 영양제를 먹는 것도 아니고, 특별한 운동 비결이 있는 것도 아닙니다. 다만, 제가 남들보다 조금 더 자신 있는 게 한 가지 있긴 합니다.

'조급해하지 않는 것. 그리고 즐겁게 기다리는 것.'

저는 현재 밀알복지재단의 희망사업본부장으로서 아프리카 권역 전체를 대상으로 다양한 일들을 하고 있습니다. 현지조사를 토대로 각

지역에 꼭 필요한 사회복지사업을 기획하고 진행하는 일을 합니다. 업무량으로만 본다면 적지는 않습니다. 그렇지만 저는 스트레스를 받으며 고민하는 일이 별로 없습니다. 아프리카에서 저와 오래 살아온 남동생이 늘 하는 말이 있습니다.

"누나는 맨날 노는 것 같은데 어느새 일은 다 진행되어 있다니까. 정말 신기해."

하긴 제가 봐도 그렇긴 합니다. 날씨가 따뜻하면 소파에서 졸다가, 손님이 오면 여유롭게 수다를 떨다가, 앞마당에서 카멜레온과 신 나게 놀다 보면, 어느새 하루가 다 지나갑니다. 뭔가 아등바등하며 고민하거나 바쁘게 왔다 갔다 하는 일은 거의 찾아볼 수가 없지요. 그런데도 일은 착착 진행됩니다.

지난 7월 말 케냐 당국에 제출했던 재단의 법인 허가증도 4개월여 만에 나왔습니다. 보통 기본이 1년 이상이고 길면 3년까지 걸리는 일이 4개월 만에 끝났으니 담당 변호사들조차 놀라워할 정도였지요. 제가 케냐의 높으신 분들을 일일이 찾아다니거나 빨리 처리되도록 힘을 쓴 일은 전혀 없습니다. 다만 이 일을 진행할 가장 믿을 만한 변호사를 찾아냈고, 그에게 모든 것을 맡겼을 뿐입니다. 그리고 기다렸지요. 즐거운 마음으로.

'당신이 원하는 것을 이루기 위해 가장 필요한 것은 무엇이라고 생각합니까?'

누군가 이렇게 물으면 많은 사람들이 이렇게 답할 것입니다. 열정과 도전정신이라고요. 그런데 살아보니 인생은 그것만으로 되는 게 아니더군요. 열정과 사심, 그리고 도전정신과 욕심을 구분하기란, 생각보다 무척 어려웠습니다. 열정을 가장한 사심과 도전정신인 척하는 욕심을 조금이라도 부리면 하나같이 일이 중간에 깨져버리더군요.

굿 호프 기술학교의 교장으로 일할 때였습니다. 제가 교장이 되고 학교가 정상화되자 보츠와나 정부에서 솔깃한 제안을 해왔습니다. 인근의 다른 직업학교와 통합하면 지원금을 준다는 것이었습니다. 그러면 학생도 2배 가까이 선발할 수 있고, 예산걱정은 할 필요가 없었지요. 학교와 학생들에게 잘된 일이다 싶어 덜컥 수락을 했습니다.

그러나 그 후 1년 동안, 저는 학교가 깨져나가는 걸 가슴 아프게 지켜봐야 했습니다. 더 많은 예산을 차지하기 위해 옆 학교에서 학생들을 빼가기 시작했고, 학생들과 교사들은 더 이상 제 말을 듣지 않았습니다. 자기들 돈으로 공부하는 것이니 제 얘기를 들을 필요가 없다는 것이었지요.

그때서야 알았습니다. 학생들을 위해서가 아니라 학교를 빨리 키우고 싶었던 내 욕심과 사심이었구나. 학교를 빨리 키우고 기술자들을 많이 배출하기 위해 내가 이곳에 있는 게 아닌데….

1년 후, 정부 지원을 끊어내자 학교에는 불과 몇 명밖에 남지 않았습니다. 처음부터 다시 시작했습니다. 그리고 다시 1년이 지나자 학교는 정상화되기 시작했고, 해마다 쑥쑥 성장했지요. 그때 저는 정말 많은 것을 배웠습니다. 어떤 일이든 욕심을 내서는 안 된다는 것을. 조급해하지 말고 자연스럽게 두는 것이 가장 빠른 길임을. 그다음부터는 제가 할 수 있는 최선의 일을 해놓고 즐거운 마음으로 기다렸습니다. 안 되면 불평하지 않고 또 기다렸지요.

예를 들어, 만약 학교의 실습기계가 낡아서 바꿔야 한다면 한꺼번에 교체하겠다는 욕심을 부리지 않는 것입니다. 후원자들에게 특별히 부탁을 한다거나 편지를 쓰면 빠르게 바꿀 수 있을지도 모릅니다. 그러나 이는 다른 이들의 마음을 부담스럽게 하고, 내 마음도 조급하게 만드는 일입니다. 대신 1년이 걸리든 2년이 걸리든 예산이 허락되는 대로 꾸준히, 한 번에 1대씩 바꾸면 됩니다.

열정인지 욕심인지 구별하는 법을 한 가지 알려드릴까요? 일에 욕심을 부린다는 증거는 그 일을 진행하는 과정에서 사람들의 마음이 다치고 불협화음이 생겨나는 것입니다. 저는 어떤 일이 아무리 중요하고, 또 아무리 큰 프로젝트라도 누군가의 마음을 잃는 일이면 하지 않으려고 조심합니다. 사람의 마음은 한순간에 얻을 수도 있지만 한순간에 잃을 수도 있습니다. 어떤 일이건 결국은 사람이 하는 일인데, 사람의 마음을 다치게 하면서까지 꼭 해야 할 만큼 중요한 일이란 건 세상에 없다는 믿음 때문이지요. 조금만 더 기다리면, 사람들이 스스로 함께 하자고 말을 걸어오는 때가 옵니다. 그것이 바로 가장 자연스러운, 그리고 가장 적당한 '타이밍'인 것이지요. 저는 오랜 경험을 통해 그 타이밍을 감으로 익혔습니다. 물러날 때와 나아갈 때, 말을 해야 할 때와 안 해야 할 때. 중요한 것은 그 '때'가 올 때까지 기다리는 것입니다.

제가 미국에서 돈 한 푼 없이 유학생활을 할 수 있었던 것도 그 덕분이었습니다. 제가 7년간 쓴 학비와 생활비를 계산해보니 2억 원이 넘는 어마어마한 액수였습니다. 그중에 90%는 전적으로 수많은 분들의 후원으로 충당했습니다. 지금 생각해도 놀라운 일입니다.

워낙 돈 없이 시작한 유학생활이니 당장 다음 달 생활비와 다음 학기 등록금을 걱정해야 할 처지였습니다. 그러나 저는 걱정하지도, 조급해하지도 않았습니다. 그런다고 어디서 돈이 뚝 떨어지거나 문제가 해결되지는 않는다는 걸 잘 아니까요. 공연한 데 힘을 빼는 대신 그저 평소처럼 제가 할 수 있는 일에 최선을 다해놓고 기다렸습니다.

정말 힘들 때를 제외하고는 누군가를 찾아다니며 후원을 부탁하지도, 만나는 사람들에게 아쉬운 소리를 하지도 않았습니다. 아예 그런 마음 자체를 갖지 않았습니다. 보츠와나에서부터 상대방이 날 도와줄 수 있을까 없을까를 따져보는 알량한 속셈 자체를 마음속으로부터 수없이 잘라냈으니까요.

사람들은 말하지 않아도 다 느낄 수 있습니다. 언제 돈을 빌려달라고 할까? 어려운 사정을 어떻게 말할까? 내 얘기를 하면 과연 들어줄까? 이런 마음을 먹는 것 자체만으로도 숨기고 싶은 초조함이 얼굴에 나타납니다. 그런데 저는 아예 그런 마음이 없으니 누구를 만나도 당당했고 솔직할 수 있었습니다. 그런데 바로 그 점 때문에 많은 분들이 오히려 저에 대해 신기해하며 관심을 가졌고, 가능성을 인정해주셨고, 마음을 먼저 열어서 기꺼이 도와주셨습니다.

살아가는 것은 기다리는 일입니다. 오늘보다 조금 더 나은 내일이 올 것이라고 믿으며 하루하루 조바심 내지 말고, 걱정하지 말고 기다리다 보면 모든 일은 자연스럽게 풀리는 때가 옵니다. 저는 그 '감'을 보츠와나에서 익혔고 한국과 미국을 비롯해 전 세계에서 만국 공통으로 쓰고 있습니다. 어디서나 잘 통하는 걸 보면, 그것이 세상 사는 이치인가 봅니다.

"저도 춤출 줄 알아요."

케냐에 온 지 벌써 1년이 훌쩍 넘었습니다. 물론 그 사이에 가끔씩 한국을 오갈 일은 있었습니다. 재단과 관련된 일도 있고, 책 출간이나 강연 일정도 잡히곤 하니까요. 수개월 만에 한 번씩 한국에 가면 당연히 반갑고 좋습니다. 말도 잘 통하고, 길도 익숙하고, 모든 것이 편리하니까요. 다시 돌아와서 케냐에 며칠만 있다 보면 새삼 이곳이 얼마나 불편하고 '별난' 곳인지 실감하게 되지요. 그러나 한국에서 얼마동안 지내고 나면 다시 케냐가 그리워지곤 합니다. 실제로 아프리카에 돌아오면 마음이 편안해지지요. 이 말은, 한국에 있으면 무엇인가 불편하다는 뜻이기도 합니다.

아프리카에서 저는 그저 수많은 외국인 중의 하나입니다. 외국인이라서 어쩔 수 없이 당하게 되는 불평등과 어려움은 분명히 있습니다.

하지만 적어도 제가 장애인이라는 이유만으로 다른 대접을 받는 일은 거의 없습니다. 그러나 한국에서는 매순간, 제가 장애인임을 모두가 친절하게(?) 알려주곤 합니다. 그것은 아프리카에서 만나는 한국 사람들도 예외는 아니더군요. 얼마 전, 케냐에서 열린 한 컨퍼런스에 참가했다가 졸지에 '몸치' 취급을 당했습니다.

"오른손을 올리고~ 다시 내리고."
"왼손을 올리고~ 다시 내리고."
"두 손을 가슴으로 모으고~."
"네, 참 잘 따라 하네."

무대 앞에 선 젊은 무용수가 제게 춤을 가르쳐주고 있습니다. 딱 봐도 저보다 많이 어려 보이는 분인데 말투가 마치 '유치원 선생님' 같습니다. 이 행사를 위해 한국에서 온 율동팀이라는데, 그녀의 눈에는 제가 구제불능의 몸치로 보였나 봅니다. 이미 앞에서 두 번이나 시범으로 보여주었고 척 봐도 아주 간단한 율동입니다. 그런데 너무나 '친절하게' 제 손을 잡고 들었다 났다 하며 계속 반복합니다.

하도 상냥하게 가르쳐주기에 마지못해 따라 하기는 했지만, 마음은 점점 딱딱하게 굳어갔습니다. 그녀가 왜 그러는지가 뻔히 보이니까요. 아마 제 키를 보고 장애인이라는 단어를 생각했을 겁니다. 그리고 자신도 모르게 '지능이 낮아 배우는 것이 힘든 사람'이라는 이미지를 떠올렸겠지요. 그녀는 나름대로 자신이 할 수 있는 최선을 다한 셈입니다. 졸지에 '몸치'가 돼버린 사람의 마음까지 헤아리지는 못했지만요.

유치원생 취급을 받으며 그녀를 따라 하는 동안 저는 몇 번이나 말하고 싶었습니다.

'저기요, 성의는 고맙지만 저도 춤출 줄 알거든요?'

대놓고 기분 나빠하기는 뭣한, 그런 '사소한 무례함' 때문에 잊고 살았던 저의 남다름을 새록새록 알게 됩니다.

수년 전에는 한국에 도착한 순간, 제가 장애인임을 곧바로 깨달았습니다. 인천 공항에 내려서 출입국 신고서를 작성하고 있을 때였습니다. 갑자기 누군가가 제 옆에 오더니 한마디 말도 없이 펜을 빼앗아 갔습니다.

"주세요. 작성해드리겠습니다."

당황해서 올려다보았더니 공항의 남자직원이었습니다. 아마도 키가 작고 몸이 불편해 보이는 여자가 카운터에 매달려 무엇인가를 쓰고 있는 모습에 '도와야겠다'고 생각했나 봅니다. 그의 임무는 공항을 오가는 사람들을 돕는 것이니까요. 그러나 그가 몰랐던 것이 하나 있습니다. 자신이 무의식중에 '장애인은 간단한 문서 작성도 못 하는 사람'으로 이미 결론을 내버렸다는 사실을요. 때문에 그는 제게 "도움이 필요한가요?"라는 상식적인 질문도 할 겨를이 없었던 것입니다.

"제가 도와달라고 했나요?"라고 되묻자, 그제야 그는 자신의 실수를 깨닫고 진심으로 사과했습니다. 그도 저도 참으로 당황스러웠던 순간이었지요. 좋은 뜻으로 한 행동이니 더 이상 아무 말도 하지 않았지만, 씁쓸하더군요.

그래도 이런 사소한 무례함은 나은 편입니다. 가끔은 대놓고 무례하게 구는 이들도 있습니다. 미국에서 공부를 마치고 한국에 온 지 얼마 안 됐을 때였습니다. 부탄에서 하는 어떤 프로젝트 때문에 외환송금을 해야 할 일이 있었습니다. 가까운 은행의 외환창구를 찾아갔더니 행원의 첫 마디가 이랬습니다.

"왜 왔어요?"

그 흔한 "어서 오세요."도 아니고, "무엇을 도와드릴까요?"도 아니었습니다. 왜냐면 그녀는 저를 처음 보았을 때부터 '외환거래와는 아무 상관 없는 사람'으로 이미 결론을 내버렸기 때문입니다. 잘못 찾아온 사람이니 어서 올 것도, 도와드릴 것도 없었던 것이죠.

"송금 좀 하려고 하는데요, 부탄에."

그러자 그녀는 저를 쳐다보지도 않은 채 들릴 듯 말 듯한 목소리로 말합니다.

"거긴 송금이 안 돼요."

"지난주에 이 은행에서 송금했는데요?"

"거긴 정말 송금이 안 된다고요!"

짜증이 확 올라오는 게 얼굴에 여실히 드러나기 시작합니다. 알고 봤더니 그녀는 '부탄'을 '북한'으로 잘못 알아들었습니다. 장애인인데 다 세상 물정 모르는 탈북자가 북한으로 송금하겠다고 우겼으니 답답할 만했겠지요. 나중에 북한이 아닌 부탄이라는 것을 알고 나서야 그녀는 태도를 바꾸고 저를 '고객'으로 대했습니다. 물론, 끝까지 미안하다는 말은 하지 않더군요.

미국에서 돌아온 후 약 3개월은 거의 매일 이런 일들의 연속이었습니다. 버스를 타도, 동사무소에 가도, 국제회의에 가서 앉아 있어도 어딘가 불편했습니다. 여기에 오면 안 되는, 혹은 잘못 온 사람 취급을 당하곤 했으니까요. 보츠와나와 미국에서 20년 이상 살면서 잊었던 아픔이 다시 느껴지기 시작했습니다. 몸이 불편한 것보다 더한 그 무엇, 마음의 불편함입니다.

그러다보니 제 인생에서 보기 드문 0.5% 정도의 자폐증상이 나타나려 하고 있었습니다. 저는 이 문제를 어떻게 해결해야 할지 고민하기 시작했습니다. 인간은 누구나 상처로부터 스스로를 보호해야 할 책임과 의무가 있습니다. 게다가 사회복지사인 저는 다른 이들을 돕기 전에 저 자신을 돕는 방법부터 찾아야 했습니다.

오랜 고민 끝에 제가 내린 결론은, 사람은 누구나 '테두리를 가진 존재'라는 것입니다. 인간은 자신이 살아온 환경과 경험이라는 제한적인 틀을 벗어나기 힘듭니다. 제가 유독 한국에서만, 한국 사람들에게서만 사소한 무례함을 느끼는 이유입니다. 우리는 약자의 형편을 세심하게 살피는 문화를 가져보지 못했습니다. 다른 것이 틀린 것도 아니고 열등한 것도 아니라는 생각은, 아직 당위성에 머물러 있습니다. 뼛속 깊이 스민 무의식 속에서는 당신과 내가 크게 다르지 않습니다. 개인이 뛰어넘기 힘든 문화적 '테두리' 때문이죠. 이것을 분명하게 인정하니 예전보다 조금 더 여유가 생기더군요. 저 또한 견고한 테두리를 가진 한 인간일 뿐이니까요.

또 한 가지는 사소한 무례함이 그들의 본심은 아니라는 사실입니다. 저를 몸치로 만들었던 무용수도, 볼펜을 빼앗아갔던 공항 직원도, 왜 왔냐고 물었던 은행원도 저를 일부러 상처 주려고 했던 것은 아니었습니다. 누군가를 일부러 기쁘게 하는 것만큼이나 일부러 기분 나쁘게 하는 일도 적지 않은 에너지가 드는 일이지요. 다만 그들은 상대방을 배려할 여유가 없었거나 자신의 행동이 상처가 될 수도 있다는 사실을 몰랐을 뿐입니다.

이는 모든 사람들이 흔하게 저지르기도 하고 당하기도 하는 실수입니다. 상대방에 대한 배려 차원에서 했던 말이 누군가에게 상처를 주기도 하고, 누군가가 나를 생각해줘서 했던 말 때문에 자존심이 상했던 기억은 누구나 있습니다. '그러려고 했던 게 아닌데….' 그렇게 돼버리고 마는 것이지요. 저 또한 살아가면서 무수히 이런 실수를 했으니까요.

이렇게 정리하고 나니 한결 마음이 편해졌습니다. 요즘에는 그런 상황이 닥치면 자동반사적으로 이런 생각을 하곤 합니다.

'이 사람은 이렇게도 생각하는구나. 재미있네. 여기서 나는 무엇을 배울까?'

요즘에는 책과 방송을 통해 조금이나마 얼굴이 알려지면서 이런 일도 많이 줄었습니다. 그러나 한편으로는 과연 그게 당연한 혹은 나에게 다행한 일인가 하는 씁쓸한 생각도 듭니다. 어제까지 외면했던 사람들이 오늘 반갑게 인사하는 모습을 보면 더 슬퍼집니다. 저에게 따뜻한 것만큼 저와 같은 약자들에게 차가울 것임을 알기 때문입니다. 어쩌면 우리는 세상에서 제일 쉬운 일을 가장 어려워하는지도 모릅니다. 사람을 사람으로 대하는 것. 그거면 충분한데요.

행복은 '마음의 시간'
속에서 흐른다

미국으로 유학을 떠난 저는 뉴욕에 도착해 새로운 환경과 생활에 적응해 가고 있었습니다. 7번 지하철이 맨해튼을 빠져나오면 지하에서 땅 위로 올라옵니다. 저녁에는 퀸즈보로 역쯤에서 길게 뻗은 맨해튼의 야경을 볼 수 있지요. 어느 날, 그 비현실적일 만큼 화려한 광경을 바라보다가 문득 이런 생각이 들었습니다.

'만약 저 도시의 불빛이 참이라면 내가 살았던 보츠와나는 거짓이었을까?'

거대하고 화려하게 빛나는 세계 최대의 도시 뉴욕. 이곳에 있다 보면 메마르고 황량한 보츠와나에서의 14년이 마치 꿈처럼 느껴질 때가 있습니다. 한편, 어린아이들이 생존을 위해 나무를 하고 물을 길어오는 아프리카의 현실을 보면, 뉴욕의 화려한 불빛 역시 신기루처럼 느껴지기도 합니다. 삭막한 아프리카 사막에서 세계 최대의 도시 뉴욕까지, 극과 극의 체험을 했기 때문이겠지요.

뉴욕에 있는 동안 저는 많은 분들의 도움 덕분에 나약 대학과 컬럼비아 대학원을 졸업할 수 있었습니다. 최고의 교육환경에서 마음껏 혜택을 누린 셈입니다. 게다가 세련된 첨단 도시 뉴욕은 인종이나 장애로 인한 차별도 거의 없었습니다. 서울에서는 느끼기 힘든 자유였지요. 또 한 치 앞도 예측할 수 없는 보츠와나와 달리 매일의 생활은 안정적이었고 큰 불편도 없었습니다.

그런데 왜일까요. 저는 이 도시에서 그토록 열심히 공부했고, 다양한 사람을 만나고 여러 가지 일을 했지만, 많은 '미닝'을 얻진 못했습니다. 눈이 번쩍 뜨이는 깨달음을 얻은 것 역시 얼마 되지 않았습니다. 일상에서 경험하는 일들을 깊게 반추하는 과정을 통해 생각이 숙성되는 시간이 생략되었기 때문입니다. 아예 그럴 시간이 없는 채로 떠밀리듯 '살아졌기' 때문입니다.

유학생으로서 많은 지식을 배우고 새로운 것을 보았지만 그것들이 저의 생각과 감정의 밑바닥으로 충분히 가라앉을 시간을 스스로 주지 않은 탓도 있습니다. 그 때문인지 미국에서의 이야기는 별로 할 것이 없습니다. 아주 짧게 요약하자면 제 이력서의 학력란에 두 줄을 추가한 정도랄까요.

어쩌면 저는 뉴욕이라는 도시의 '소비자'로 사는 것에 익숙해졌기 때문일지도 모릅니다. 뉴욕은 정치와 경제, 문화, 교육, 사회제도라는 촘촘한 그물망이 이미 잘 짜여 있습니다. 그곳에서 태어나 살고 있는 도시인들은 시스템을 누리기 위해 대가를 지불해야 합니다. 어마어마한 집세를 부담해야 하고, 어디로 조금만 움직이려고 해도 돈이 들고, 밥을 한 끼 먹는 데도 돈, 영화 한 편을 보는 데도 돈을 내야 합니다. 학교에 다닐 때도 돈을 내야 하니, 학생이라고 해도 결국 교육제도의 소비자인 셈입니다.

저 역시 거대한 도시 속에서 고급 환경과 역사와 사회와 경제를 소비하고 있는 존재일 뿐이었습니다. 그것은 흡사 큰 기계의 부속품, 혹은 소모품 같다는 느낌과도 비슷했습니다. 제가 없어져도 전혀 문제가 없는 사회였고, 거기에서 저는 저 하나쯤 사라져도 전혀 눈에 띄지 않는 미미한 존재였습니다. 보츠와나에서 저는 없어지면 금세 빈자리가 보이는 바위였는데, 이곳에는 모래알에 불과했습니다.

뉴욕 생활을 해보기 전에는 제 인생이 '소비된다'는 느낌을 받은 적이 없었습니다. 어려서부터 아무것도 없는 곳에서 무언가 새롭게 만드는 일에 익숙했기 때문입니다. 보츠와나에서도 매일매일 꽉 찬 하루를 보냈다는 기분 좋은 자존감이 있었습니다. 게다가 예고도 없이 닥치는 도전과 고난의 폭풍이 한차례 휩쓸고 지나가면 그만큼 새롭게 얻는 '미닝'들이 있었지요.

물론 뉴욕에서 나름대로 고생을 하지 않은 것은 아닙니다. 학비를 걱정하고, 낮은 학점에 속상해하고, 영어 잘하는 미국 학생들 틈에서 자존심이 구겨지곤 했습니다. 그러나 이 모든 것들을 다 합쳐도 아프리카에서 얻어낸 배움에 비하면 대단한 것은 아닐지도 모릅니다.

눈앞에 커다란 흰 종이가 있습니다. 그 안에는 까만 점 하나가 그려져 있습니다. 아마 그 점의 크기가 어떠하든 단번에 눈에 들어올 것입니다. 그 점 하나에 집중할 수밖에 없습니다. 반대로 까만 점들이 여러 개 혹은 셀 수 없이 많이 있다면 어떨까요? 우리는 아예 점들을 보지 않을지도 모릅니다.

제게는 뉴욕이 이와 같았습니다. 그곳에서는 집중해야 할 점들이 너무 많았습니다. 그러다 보니 각각의 점들이 가진 소중한 가치와 의미를 다 이해하기도 전에 세월이 저만치 달아나 버렸습니다. 빠르게 달려가는 도시의 시간에 마음이 미처 따라가지 못한 채 허둥지둥 '살아지는' 것이지요.

반면, 아프리카에서는 마치 커다란 종이에 크고 작은 점이 단 몇 개만 있는 것처럼 눈에 잘 띕니다. 때문에 그 점들에 집중할 수 있고, 한 점에 관심을 가지고 오랫동안 생각을 지속시킬 수 있습니다. 그리고 마침내 그 끄트머리에서 잘 익은 깨달음을 건져냅니다. 삶의 본질, 그리고 행복에 관한.

제게 가장 행복한 시간은, 소소한 일상 안에 담긴 반짝이는 빛을 잡아 제 마음속 깊이 담아둘 때입니다. 사람만이 누릴 수 있는 가장 아름다운 시간, '마음의 시간'이지요. 느리게 가는 아프리카에서는 이 시계가 언제나 째깍째깍 움직입니다.

태극기가 바람에 펄럭입니다

　오랜만에 서울에 돌아왔습니다. 택시를 타고 빌딩숲이 가득한 도시 한가운데를 달리는 중입니다. 그러나 마음은 아직도 말라위에 머물고 있습니다. 아프리카에서도 최빈국인 말라위 사람들의 고달픈 풍경이 제 마음을 붙잡고 놓아주질 않습니다. 마치 구석기 시대를 방불케 하는, 풀로 얼기설기 엮은 집에 7명의 맹인 가족들이 살고 있었습니다. 아장아장 걷는 아이부터 할머니까지 일가족이 모두 앞을 못 보는 장애인이었지요. 유전병이었습니다. 그들을 보며 '인간이란 무엇인가?', '삶이란 도대체 무엇인가?'라는 생각에 만감이 교차했습니다.

　택시는 한강대교 북단을 지나가고 있습니다. 때마침 신호등이 바뀌어 차가 잠시 멈추어섭니다. 창밖으로 도로 위에 빽빽이 흘러가는 차들과 넘실대는 한강이 보입니다. 그리고 무심히 하늘로 눈을 돌렸습니다. 창밖에 태극기가 펄럭이고 있습니다.

'깃발이… 펄럭이네….'

순간, 한 가지 생각이 스쳤습니다.

우리의 인생은 저 깃발과 같다.

미풍이 불면 부는 대로, 폭풍이 불면 부는 대로

온몸으로 펄럭이는 깃발이다.

태극기는 한순간도 멈추지 않고 흔들린다.

때로는 미풍에 살랑거리고, 때로는 거센 비바람에

찢겨나갈 듯 위태롭게 매달린다.

그러나 저 깃발에게 불어오는 바람이 없다면

태극기는 더 이상 태극기가 아니다.

가만히 접혀 있는 깃발은 존재 이유가 없다.

태극기는 저 혼자 펄럭일 수 없다.

깃발이 깃발일 수 있는 이유는 바람, 저 바람 때문이다.

인생이 허공에 펄럭이는 태극기와 같다면 인생에서 만나는 허다한 운명은 바람입니다. 바람 한 자락이 '휘익' 하고 지나가면 인생의 한 자락도 펄럭입니다. 흔들리는 가운데 존재를 드러내지요. 바람에게 모양을 논할 수 없듯, 운명도 갖가지 모습으로 다가옵니다. 어떤 때는 사랑 때문에 울고, 어떤 때는 돈이 없어 피눈물을 흘립니다. 갑작스런 사고나 병으로 죽음 직전까지 갈 수도 있습니다. 그러나 이 모든 일은 항상 닥쳐야만 알 수 있습니다. 깃발이 흔들려야 비로소 바람의 실체가 드러나듯, 운명도 눈앞에서 벌어지기 전까지는 보이지 않습니다.

제 인생의 바람은 134cm의 키였습니다. 어린 시절에 불어온 강풍은 저를 사정없이 흔들었습니다. 비바람에 찢겨 날아갈 뻔한 적도 많았습니다. 그러나 펄럭임 속에서, 그 모진 흔들림 속에서 저는 제게 남아 있던 불필요한 것들을 날려 보냈습니다. 누군가와 비교하는 마음, 내 마음을 아프게 하는 분노, 증오, 미움, 성공에 대한 집착까지 하나하나 털어냈습니다.

깃대에 매달린 이상 깃발이 바람에 나부끼는 것이 당연하듯, 사람으로 태어났다면 기쁘고 슬픈 일을 맞으며 살아가는 것이 당연합니다. 오히려 인생 자체가 늘 기쁘고 행복하기만 하다면 그게 더 이상한 일입니다. 하루 종일 미동도 없이 서 있는 깃발이 있을 수 없듯이. 노자의 도덕경에 이런 구절이 있습니다.

아름다운 것을 아름답다고 알 수 있는 것은 추함이 있기 때문이다.
높은 것을 높다고 하는 것은 낮은 것이 있기 때문이다.
긴 것은 짧은 것이 있기 때문이다.
선이 있는 것은 악이 있기 때문이다.

삶이 아름답고 행복한 이유는 괴로움이 있기 때문입니다. 고난과 고생, 고독이 없다면 즐거움과 행복의 의미를 알 수 없겠지요. 편안함에 익숙해지면 나라는 '존재'가 아니라 내가 '가진 것들'에 집중하게 됩니다. 동시에 불편하고 부족한 것들만 덧없이 쌓여가지요.

인생의 제맛을 알려면 바람이 거칠수록 좋습니다. 거친 바람을 많이 맞아본 사람일수록 인생을 헤쳐 나갈 수 있는 힘이 강해지지요. 분명한 것은 그 어떤 바람도 한곳에 머물지는 않는다는 것입니다. 지금 당장 끝내고 싶은 고통이나 불안도 바람처럼 언젠가는 지나갑니다. 제가 말라위에서 본 이들의 고달픔도 언젠가는 멈출 것입니다. 우리는 그 바람 속에서 온몸으로 펄럭이다 언젠가 깃대에서 내려오게 될 깃발들입니다. 어디서 불어오는지, 왜 불어오는지도 모른 채 온몸으로 바람을 맞다가 흔적과 상처, 그리고 바람에 쓸려간 수많은 일들을 온몸에 새긴 채 생을 다하겠지요.

사람마다 각자의 바람이 있습니다. 어떤 이는 자식 바람으로 살아가고, 어떤 이는 돈 바람으로 펄럭입니다. 저는 지금은 '아프리카 바람'으로 살고 있습니다. 이 바람이 저를 사람이 되도록, 그래서 펄럭일 수 있도록 불어주고 있지요.

태극기가 바람에 펄럭입니다.

'나이답게' 말고 '나답게'

나이로비에 있다 보면 가끔씩 반가운 손님들을 맞이하곤 합니다. 한국에서 온 자원봉사자들이지요. 주로 20~30대의 혈기왕성한 청춘들입니다. 얼마 전에도 20대 사회복지사 2명이 찾아와 즐겁게 수다를 떨었습니다. 둘 다 여성인데 한 사람은 기혼, 또 한 사람은 미혼이었습니다. 인생의 귀중한 시간을 내어 아프리카에서 봉사하면서 미래를 설계하는 중이었지요. 그렇게 대화가 한창 무르익을 즈음, 미혼인 사회복지사가 고민을 털어놓기 시작했습니다.

"제가 지금 아프리카에 있다고 하면 사람들이 꼭 이런 말을 해요. '결혼은? 취직은 어떡할 건데? 네 나이가 몇 살인데 아직도 그러고 있니?' 그런 얘기를 들을 때마다 스트레스받는데, 사실 저도 나이가 있으니까 고민스럽기는 해요. 여기서 계속 경험을 쌓는 게 좋을지, 아니면 한국에 돌아가서 결혼을 먼저 해야 할지….”

그녀의 이야기를 들으면서 생각했습니다. 한국에서는 ‘나이답게’라는 말처럼 무서운 게 없구나. 20대에 할 일, 30대에 할 일, 40대에 할 일을 스케줄표처럼 짜놓고 잘 지키고 있나 서로 감시하고 있구나. 그렇지 않고서야 어떻게 찾아오는 청년들마다 똑같은 고민을 토로할 수 있을까.

그녀의 얘기를 듣다 보니 저 또한 본의 아니게 ‘나이답지’ 않았던 때가 떠올랐습니다. 마흔이 다 된 나이에 뉴욕에서 ‘대학교 2학년생’으로 살아가던 시절이었죠. 겨울 방학을 맞아 주변 지인들과 뉴욕 구석구석을 돌아보았습니다. 브로드웨이에서 뮤지컬 ‘타잔’을 보고, 박물관에도 가보고, 이태리 타운에서 브런치를 먹으며 토요일 아침 햇살을 즐기기도 했습니다. 그때 일행 중에 30대 초반의 남성이 한 사람 있었습니다. 그가 한국으로 떠나면서 저에 대해 누군가에게 이런 말을 남겼다고 하더군요.

“저 나이에 저렇게 사는 건 문제야.”

아마도 그의 눈에는 제 현실이 제대로(?) 보인 모양입니다.

‘장애인 여자가 저 나이에 혼자서 겨우 침대 하나 책상 하나뿐인 작은 방에서 지내다니…. 저 나이에 이제 대학교 2학년이라니…. 정말 자기 처지가 어떤지도 모르나 보네. 나이 마흔에 뭘 더 배우겠다고….

저 나이에 저러고 사는 것만 봐도 답이 나오잖아.'

제가 굉장히 이상해 보였겠지요. 나이 들어서 주제파악도 제대로 못 하는, 대책 없고 현실성 없는 한심한 사람으로 보였나 봅니다. 그가 어떤 말을 했을지, 짐작하고도 남았습니다.

어느 나라 어떤 사회나 '나이답게'라는 기준은 있습니다. 10대 때는 공부를 하고, 20대에는 취직을 하고, 30대에는 결혼을 해 아이를 낳고, 40대가 되면 사회적으로 자리를 잡습니다. 한국과 미국을 비롯해 일반적으로 안정된 사회의 타임스케줄이지요.

보츠와나나 케냐에도 약간 다르긴 하지만 평균적인 인생 시간표가 있습니다. 여자아이들은 초경이 시작되면 시집을 가고, 20대에는 아기가 적어도 한둘은 있습니다. 남자아이들은 어렸을 때부터 가축을 키우다가 20대가 되면 소를 한두 마리 정도 갖게 되지요.

그러나 이들 나라가 한국과 분명히 다른 것이 한 가지 있습니다. 남들에게 그 스케줄을 강요하지 않는다는 것입니다. 보츠와나의 현직 대통령은 50세가 넘었지만 결혼을 안 한 싱글남입니다. 제가 있던 굿 호프 마을의 추장도 35세이지만 독신이었습니다. 그들도 그 사회에서 보면 나이답게 살지 않는 이들이지요.

하지만 그곳 사람들은 별로 신경 쓰지 않습니다. 그들의 인생이니까요. 제가 7년간 있었던 뉴욕도 마찬가지입니다. 다른 사람들이 어떤 스케줄대로 살아가든 관심이 없습니다. 내 스케줄을 챙기기도 바쁘니까요. 그러니 굳이 남에게 '나이답게 살라'는 충고를 해줄 사람도 없습니다.

신기하게도 유독, 한국만 전 국민이 시간표에 민감합니다. 한국에 있을 때는 잘 몰랐는데, 밖에 나와서 살아보니 우리가 꽤나 '유별나다'는 걸 알게 되더군요. 내 시간표는 물론, 남의 인생계획까지 서로 확인하고 챙깁니다. 그만큼 우리는 서로에게 관심이 많은 이들입니다.

그러다보니 인생의 아주 사소한 것부터 중요한 문제까지, 무엇인가를 결정할 때 타인의 시선이 끼어듭니다. 내가 이 가방을 사면 주변의 반응이 어떨까? 내가 이 남자랑 결혼하겠다고 하면 친구들이 어떻게 생각할까? 내가 아프리카에 가서 봉사하겠다고 하면 부모님은 뭐라고 할까? 실제로 제게 멘토링을 요청한 많은 청춘들이 이와 비슷한 고민을 하고 있습니다.

사연은 제각각이지만 핵심이 되는 레퍼토리는 똑같습니다. 해야 하는 일과 하고 싶은 일 사이의 갈등이지요. 꿈을 찾아 더 큰 세계로 나아가고 싶은데 재능이 부족한 것 같고, 용기를 갖고 도전하자니 남들처럼 '적령기'에 결혼도 해야겠고, 결혼을 하고 싶은데 마땅히 마음에 드는 사람은 안 나타나고…. 주변 사람들이 사는 것을 보면 자신의 삶도 그렇게 되어갈 것이 뻔히 보이니 답답하고…. 듣다 보면 마치 뫼비우스의 띠처럼 현실과 꿈이 서로 만나지 못한 채 계속 엇갈리며 돌아가는 느낌입니다.

그러나 제게는 이 모든 고민이 한마디로 이렇게 들립니다. '저, 무서워요.' 자신의 선택에 대해 온전히 책임지는 것이 두렵다는 것입니다. 우리는 인생의 어느 시점까지 부모님의 뜻을 많이 따랐습니다. 내 선택권은 줄었지만 그만큼 선택에 대한 책임도 나눌 수 있었지요. 그래서 일이 안 풀릴 때는 부모님이라도 원망할 수 있었습니다. 그런데 이제 성인이 되어 내 인생을 완전히 책임지려니 두려움이 엄습합니다. 잘못되면 어쩌나, 나중에 후회하면 어떡하나…. 그래서 무의식적으로 자꾸 도망갈 곳을 만들고 싶어지는 것이지요. '나는 다르게 살고 싶은데 주변에서 자꾸 나이에 맞게 살라고 해서 못했어.'라고요.

저는 어렸을 때부터 인생의 중요한 선택 앞에서 늘 혼자였습니다. 가출을 했을 때도, 편물기술을 배우겠다고 결심했을 때도, 보츠와나에 갈 때도…. 제 인생에 관심을 기울여주는 사람이 거의 없었으니까요. 혼자서 생존과 생계를 해결해야 했기 때문에 다른 사람의 시선이나 판단에 신경 쓸 겨를이 없었지요.

다만, 저는 제 선택을 끝까지 책임지고 싶었습니다. 기쁨과 행복 같은 것들 이외에 모든 선택마다 따라오는, 예상치 못한 시련과 고통까지도. 제가 장애인이고 몸이 약하다는 이유로 핑계를 대거나 불평하지 않는 것. 오늘 하루 내게 주어진 일에 최선을 다하는 것. 그것이 가장 인간다운 일이라 믿었습니다. 그렇게 매순간 살다 보니 지금의 김해영이 되어 있더군요. 비록 '나이답게' 살지는 못했지만 저는 가장

'나답게' 살아온 셈입니다. 그래서 후회도 아쉬움도 없습니다. 앞으로 올 미래도 두렵지 않습니다. 나답게 책임지면 그만이니까요. 그러고 보니 '나이답게'에서 한 글자만 빼면 되는군요. '나답게.'

"괜찮아요,
이대로가 좋아요."

"선생님은 포기하고 싶었던 순간이 없었나요?"

기자들과 인터뷰를 하다 보면 꼭 한 번씩은 나오는 질문입니다. 그분들이 보기에는 제가 포기를 모르는 무서운(?) 사람처럼 보이나 봅니다.

"굉장히 열정적인 분일 거라고 생각했는데 목소리가 의외로 차분하시네요."

최근에 통화한 어느 기자가 제게 해준 얘기입니다. 그러고 보니 '열정'이라는 단어도 제 이름 앞뒤에 자주 붙어 다니곤 하더군요. 뭔가 목표를 세우고 열심히 달려가는 사람, 늘 에너지가 넘치고 밤낮없이 불굴의 의지를 불태우는 사람. 어느새 제가 이런 이미지로 사람들에게 비춰졌나 봅니다. 아니면, 성공한 사람들이 공통적으로 갖는 은혜로운 덕목들을 감히 제게 붙여주셨는지도 모릅니다.

그런데 저는 그런 얘기를 들을 때마다 좀 찔립니다. 왜냐면, 저는 살면서 정말 많은 걸 포기했거든요. 일단 몸을 많이 움직여야 하는 일은 웬만하면 하지 않았습니다. 그러니 친구들과 어딜 간다거나, 새로운 경험을 한다거나, 누군가를 만나는 일 자체를 수없이 포기할 수밖에 없었지요. 제 몸이 너무 아프고 힘드니까요.

몸이 안 아프려면 집에서 가만히 있어야 합니다. 가만히 있으면서 하기에 제일 좋은 게 뭘까요? 책을 읽고 생각을 하는 일입니다. 저는 불가능한 여러 가지를 포기하는 대신, 제게 허락된 한두 가지에 집중했습니다. 포기를 모르는 불굴의 의지도 아니고, 강인한 성격은 더더구나 아닙니다. 몸 아픈 사람이 강인해봤자지요. 그저 저는 제가 약하다는 것을 '인정'했고, 그 안에서 할 수 있는 것을 찾았던 것입니다. 할 수 있는 것과 할 수 없는 것을 구분해 답이 안 나오면 금방 포기했습니다. 제가 지금 잘 살고 있다면, 그것은 순전히 남들보다 포기를 잘 해서일지도 모릅니다.

그리고 고백하자면, 저는 열정적인 사람도 아닙니다. 물론 '결과적으로' 그렇게 보일 수는 있습니다. 감사하게도 세계장애인기능올림픽 대회에서 금메달을 땄고, 보츠와나에서 학교장이 되었고, 미국의 좋은 대학원에서 학위도 받았으니까요. 그러나 저는 어떤 목표를 세우고 뛰어본 적이 없습니다. 금메달을 따기 위해 편물기술을 배운 것도 아니고, 학교장이 되려고 보츠와나에서 14년 동안 있었던 것도 아닙니다. 컬럼비아 대학원에서 학위를 받으려고 미국 유학을 결심했던 것은 더더욱 아닙니다.

심한 몸살을 앓거나 몸을 많이 다쳐본 사람은 압니다. 지독한 통증은 열정 혹은 욕심을 지그시 눌러버린다는 것을. 몸이 불편하면 어떤 꿈이나 목표를 향해 달려가는 일이 욕심 혹은 사치로 느껴집니다. 지금도 충분히 아프고 힘든데, 그 몸으로 남들과 경쟁하려면 나 자신을 끝없이 다그치는 수밖에 없으니까요. 저는 그렇게 이를 앙다물면서 검투사처럼 생과 싸우지 않았습니다.

다만 오늘 하루, 제가 감당할 수 있는 만큼만 했을 뿐입니다. 오늘 하루 제게 주어진 일, 제 의지와는 상관없이 다가오는 일들까지도. 사랑이 오는 날은 최선을 다해 사랑했고, 아픔이 오는 날은 끝까지 아파했고, 고독이 오는 날은 오롯이 혼자 있었습니다. 그것이 가장 인간다운 길이라고 믿었기 때문입니다.

'오늘 하루를 기쁘고 감사하게 사는 것.'

제게는 그 어떤 꿈과 비전, 목표도 이보다 더 중요할 수는 없습니다. 제게 아무리 대단한 기회가 와도 이 대전제를 깨뜨리는 일이면 저는 툭 놓아버립니다. 그것이 언제나 제 삶의 '기본'이었고 '에센스'였지요. 그렇게 기본에 충실하게 하루하루를 보냈더니 '결과적으로' 과분한 것을 많이 받았을 뿐입니다.

제게 이런 삶의 방식을 가르쳐준 것은 '장애'입니다. 척추장애가 없었더라면 저는 아마 아주 다르게 살았을 것입니다. 제 성품으로 봤을 때 찔러도 피 한 방울 안 나오는 냉정한 사람이 됐을 가능성이 높습니다. 자존심이 워낙 강해 교만이 하늘을 찔렀을 것이고, 성공에 집착하는 워커홀릭이 됐을지도 모르지요. 만약 제가 단순 척추장애였다고 해도 그랬을지 모릅니다.

그러나 제게는 한 가지가 더 있었습니다. 매순간 허리를 불에 지지는 것 같은 아픔. 인간 김해영을 진짜 사람이 되게 만든 것은 바로 이 통증입니다. '몸도 아픈 데 마음까지 아픈 일은 하지 말자'며 제 스스로 미움과 분노, 원망을 내려놓게 한 것은, 지독한 아픔이었습니다. 알 수 없는 내일이 아니라 살아 있는 오늘에 집중하게 한 것 역시 바로 그것이었지요. 그러니 통증이야말로 제 인생 최대의 스승인 셈입니다.

10대 시절, 한 목사님이 제게 이렇게 물은 적이 있습니다.

"해영아, 하나님이 '네가 원한다면 장애를 걷어갈 테니 그렇게 하겠느냐?' 하고 물으시면 그때 뭐라고 할래?"

곰곰이 생각하다가 저는 이렇게 답했습니다.

"괜찮아요, 이대로도 좋아요."

아마도 이 글을 읽으시는 분들은 저의 이런 대답이, 언뜻 이해가 안 될 것입니다. 저와 비슷한 고통을 겪고 있는 분들도 그럴 테고요. 하지만 몸이 건강한 분들이 잘 모르는 비밀이 하나 있습니다. 비록 어린 나이였지만, 저는 몸의 고통이 저를 사람 되게 만들어준다는 것을 마음으로 이해하고 있었습니다. 알고 보면 액세서리에 불과한, 없어도 그만인 많은 것들에 마음이 어지러울 때 중심을 잡게 해주었으니까요. 인생의 의미는 무엇인가? 인간의 가치는 어디에서 오는 것일까? 나라는 존재는 무엇인가? 별을 보며 끊임없이 저 자신과 대화했습니다. 몸이 아프지 않았다면 이런 질문을 스스로에게 하지 않았을 것 같습니다. 질문에 대해 혼자 곰곰이 생각해보고, 작은 것이라도 하나하나 깨닫고 실천할 때마다 스스로가 기특하고 대견하기만 했습니다. 그러면서 알게 되었지요. 내가 몸이 아프지 않았다면 이 소중한 진실을 알 수 있었을까? 제 마음의 목소리는 정직하게 답했습니다.

'아니, 그렇지 않았을 거야.'

그렇다면 나는 이대로가 더 좋다고 생각했습니다. 조금만 더 힘을 내면, 내 고통과 함께 살 수 있다고 믿었습니다. 앞으로도 몸이 건강했다면 알기 어려운 아름다운 비밀을 가르쳐줄 테니까요.

보츠와나에서의 14년은 마침내 그 반짝이는 진실과 제가 하나가 되는 과정이었습니다. 그 사막 한가운데서 제가 누구인지를 알았고, 살아 있음의 의미를 알게 됐지요. 척추장애와 통증이라는 불행까지도 제 몸과 같이 귀중히 여기게 됐습니다. 그 순간, 저는 이미 자유를 얻은 셈이지요.

정말 놀라운 것은, 그 이후 통증이 차례대로 사라졌다는 것입니다. 마치 기적처럼. 처음에는 앉아 있을 때 느끼던 통증만 없어졌다가, 두 번째는 걸을 때의 통증까지도 씻은 듯이 나았습니다. 보츠와나에 있었던 1996년 어느 날, 늘 허리에 매던 복대를 빼고 의자에 앉았는데, 이상하게 허리가 아무렇지도 않았습니다. 늘 저를 따라다니던 통증이 서서히 조금씩 줄어든 게 아니라, 어느 날 갑자기 사라져버렸지요. 놀라운 경험이었습니다.

그래도 당시에는 걸을 때 느껴지는 통증은 여전히 극심했습니다. 70대 노인처럼 몇 발자국 걸으면 잠시 멈춰 서서 한참을 쉬어야 할 정도였지요. 하지만 앉아 있을 때의 통증이 없어진 것만으로도 저는 한결 편안했고, 그야말로 살 것 같았지요.

그런데 놀라운 일이 저에게 한 번 더 벌어졌습니다. 몇 년 뒤 미국 유학시절, 제 마흔 번째 생일날, 걸을 때 느끼던 통증까지 완전히 사라졌다는 걸 알게 됐습니다. 불과 이틀 전만 해도 저를 지치게 하던 아픔이 거짓말처럼 사라진 것이지요.

대체 저에게 어떻게 이런 일이 벌어진 걸까요? 저도 너무 궁금했습니다. 이성적으로 원인을 찾자면, 보츠와나 정착 초기의 고된 노동으로 근육을 강하게 단련시켰기 때문이 아닐까 추측해볼 뿐입니다. 그리고 저를 편견 없이 대해주었던 보츠와나 사람들 앞에서 당당하게 허리를 펴고 다녔던 것도 한몫했을지도 모르지요.

그러나 생각해보면, 이 작은 몸으로 황소 같은 세월을 건너고 있다는 것 자체가 이미 제게는 기적입니다. 혼자만의 힘으로는 결코 불가능했을 일이니까요 그래서 저는 이곳 아프리카에서 제 기적의 의미를 찾고 있습니다. 천사 같은 아이들의 얼굴에서, 가난에 주눅 들지 않는 엄마의 얼굴에서, 친구를 돕고 싶다는 맹인 소녀의 얼굴에서, 제게 통증 없이 자유롭게 걸을 수 있는 시간이 허락된 이유를 찾고 있습니다. 그리고 매일 밤, 신께 기도합니다.

'더 이상 바랄 게 없습니다. 이대로도 충분합니다.'

지금 힘들다는 건,
힘이 생기고 있다는 뜻입니다

'힘이 든다는 말은 힘이 생긴다는 말과 같다.'

최근에 제 마음을 움직인 말입니다. 그렇지요. 힘이 생기기 위해선 힘이 들기 마련이지요. 저도 제 마음에 힘이 생기려고 이렇게 많은 일들을 겪었나 봅니다. 그만두고 싶을 때마다, 주저앉아서 절망할 때마다, 힘겨워서 꼼짝할 수 없을 때조차도 제 마음이 말했습니다.

여기서 조금만 더 힘을 주자.

그러면 힘이 생길 거야.

100도에서 물이 끓듯이.

펄펄 끓을 듯한 힘이 생기도록

100도까지만 올라가 보자.

지금 99도니까,

아주 조금만…, 1도만 더 해보자.

그러면 힘이 생길 거야.

평소에 저는 이런 말을 잘 쓰곤 합니다.

'이만하기 다행이다…. 참 고맙다…. 괜찮아.'

마음 속 깊이 정말 다행스럽고 정말 고맙고 정말 괜찮아서 나오는 말들입니다. 물론 저도 사람인지라 그렇지 않을 때도 있지요. 원망하고 싶을 때도 있고 안타까워서 속이 탈 때도 있고 '왜 그랬어!'라며 제 자신을 탓하고 나무랄 때도 있습니다. 그래도 평소에 워낙 자주 쓰다 보니 속상할 때도 습관적으로 '괜찮아.'라고 말합니다. 예상치 못한 불행한 일을 당해도 '이만하기 정말 다행이야.'라고 마음을 다독입니다. 다른 사람에게 못된 마음이 들면 '고마워.'라고 제 자신에게 속삭입니다.

어려서는 제 자신에게 말했습니다.

'해영아, 괜찮아. 키가 좀 작고 힘이 들면 어때. 정말 다행이야. 이것보다 더 형편이 어렵지 않아서.'라고.

아프리카에서 살면서는 청소년들에게, 아이들에게 말했습니다.

'얘들아, 괜찮아. 우린 이렇게 아름다운 사람들인데 조금 까무잡잡하면 어때?'라고요.

이제는 이 책을 읽는 독자 여러분들에게 전해주고 싶습니다.

'친구야, 아무것도 안 해도 괜찮아. 우리는 이렇게 살아 있잖아. 오늘처럼 하루하루를 살아내다 보면 경이로운 빅폴이 눈앞에 펼쳐질 거야.'

저에게는 친구나 다름없는 독자 여러분들에게 제가 아프리카에서 건져낸 깨달음을 함께 나누게 되니 정말 다행이며 고마운 마음입니다.

이 책의 전반부는 보츠와나에 살고 있을 때 적어놓은 에세이를 정리한 것입니다. 어렸을 때였지만 당시의 깨달음이 매우 소중하다는 것을 어렴풋이 알았습니다. 다행히 그 글들이 빛을 보게 되어 좋습니다. 또 이 책의 후반부는 보츠와나 사람들에게 약속한 대로 국제사회복지사가 되어 아프리카에 돌아와 만난 사람들의 이야기입니다. 무대는 아프리카이지만 사람이 희망하는 힘에 관한 이야기입니다. 가난, 기근, 전쟁, 내전, 학살, 인종차별, 식민시대를 거치면서도 더 단단하게, 더 넓게 이어지는 인간 삶의 드라마가 얼마나 강력하고 아름다운지 모릅니다. 저는 아프리카 대륙과 사람들에게서 모든 사람과 생명이 지니고 있는 강인한 힘을 보았습니다. 그러나 그 다이아몬드 같은 찬란한 희망에 다다르기 위해서는 절망이라는 과정을 통과해야 하나 봅니다. 그 절망은 마치 물이 끓기 전까지 길고, 고통스럽고, 변함없는 99도의 과정처럼 느껴집니다.

그러나 마지막 1도가 더해지는 순간, 내 안에서 강력한 힘이 생겨납니다. 저는 인생을 살아가는 동안 그 1도의 힘을 믿으며 한걸음씩 걸어왔습니다. 사람들은 그것을 '열정'이라 표현하지만 저는 그저 눈앞에 보이는 제 신발의 콧등만 바라보며 살았을 뿐입니다. 그런데 이제야 고개를 들고 둘러보니 아프리카가, 미국이, 전 세계가 마치 경이로운 빅토리아 폭포처럼 제 인생 앞에 펼쳐져 있습니다. 마치 거짓말처럼.

그러니 여러분도 포기하지 않았으면 좋겠습니다. 지금 힘들다는 건, 내 안에 힘이 들어오고 있는 것임을 알게 되기를 바랍니다. 오늘 하루, 한 발짝씩, 1도씩 힘을 내서 가다 보면 반드시 여러분의 인생 앞에 아름다운 빅폴이 펼쳐질 테니까요. 그 웅장한 세월을 꼭 한번 만나기를 온 마음으로 기도합니다.

케냐 나이로비에서

김해영

저자소개

김해영

국제사회복지사, 밀알복지재단 희망사업본부 본부장.

24년간 국제사회복지사로 활동해왔으며 그중 14년은 아프리카 보츠와나의 굿 호프 직업학교에서 폐교 위기에 처한 학교를 다시 일으켜 교장으로 활동했다. 마흔이 다 된 나이에 무일푼으로 미국 유학을 떠나 컬럼비아 대학교 사회복지대학원에서 석사학위를 받았다. 그 후 부탄의 지역사회 개발 프로젝트를 진행했으며, 현재는 케냐 나이로비에 머물며 밀알복지재단 희망사업본부(아프리카 권역본부) 본부장으로 다양한 복지사업을 추진하고 있다.

트레이드마크가 된 134cm의 키와 척추장애, 그리고 그녀를 따라다니는 '작은 거인'이라는 별명을 사랑하는 그녀는, 여전히 세계를 누비며 나지막하게 삶을 배우고 있다. 희망이라는 녀석은 낮고 여리고 고단할수록 더 찬란하고 강단 있게 자란단다.

1985년 콜롬비아에서 열린 세계 장애인 기능경기대회에서는 기계편물 부문 세계 1위를 차지했고, '2012년 국민훈장 목련장', '2012년 KBS 감동대상 희망상'을 수상했고, 2012년 환경재단 '세상을 밝게 만드는 사람들'에 선정됐다. 저서로는 《청춘아, 가슴 뛰는 일을 찾아라》, 《숨지 마, 네 인생이잖아》가 있다.

본문 사진 **김도형**

월간 〈민족21〉에서 사진기자로 일했으며, 터키, 아프리카 등 주로 척박한 오지를 돌며 마음으로 사람들을 찍고 있다. kdh8747@hanmail.net